引きこもりのチビ令嬢と呼ばれた私が、小さな幸せを掴むまで

Puyoneko
ぷよ猫

Illustration:Cocosuke
茲助

CONTENTS

引きこもりのチビ令嬢と呼ばれた私が、小さな幸せを掴むまで

1章

あともう少し。一センチ、いや五ミリ。

つま先立ちして手を伸ばすけれど届かない。

「くっ……！」

こうなったらジャンプもやむなし、とばかりに膝《ひざ》を曲げて跳躍準備に入ったところで、後ろから「お嬢」と呼ばれ振り向いた。

「何やってんですか？」

学校の終業時間に合わせて図書室まで迎えに来た護衛のジミーが、心底不思議そうな顔で立っている。

「何……って、見ればわかるでしょう？　本棚が高くてね、手が届かないの」

「ああ、それは本棚のせいじゃなくて、お嬢がチビなだけっす」

「……わかってるわよ」

ふくれっ面をしてみせれば、ジミーはグレーの瞳を細めてクスッと笑う。

家臣のくせに生意気な！　と説教してやりたいが、彼は我がハーシェル伯爵家の家令マイルズ・クリントンの息子で年齢も近い。実質、幼馴染《おさななじみ》のようなものだ。気安い態度は昔からだし、『チビ』とからかわれるのもいつものことなので、もう慣れてしまった。

私の身長は学校で一番低い。育ち盛りにほとんど背が伸びなかったからだ。おまけに肉づきの悪い貧弱な体つきである。

大陸の南にある我がヨゼラード王国は、大柄な人が多く女性でも背が高い。

しかもスレンダーボディよりも胸や尻が大きい……いわゆるボンキュッボンのグラマーな肉体美が好まれていて人気がある。つまり、正反対のタイプの私は子どもっぽく見られ、全然モテない。

これが大陸北部のネルシュ国やピチュメ王国なら『華奢《きやしや》』『可愛《かわい》らしい』と好意的に受け入れられていたことだろう。彼らは、体格がいい大陸南部の人々と比べると一回り小柄な民族なのだとか。

そして私……伯爵家の次女シャノン・ハーシェルの嫁ぎ先が見つからないのは、決して腰のくびれがないからでも胸がペッタンコだからでもない。

この国に『小さな体は子が産めない』という俗説がまかり通っているせいで、跡継ぎが必須の貴族たちに避けられているだけのことなのだ。医学的根拠のないデタラメだけど、家を守らねばならない立場である以上、無視できないのだろう。まったく迷惑な話だ。

そのうえ我が家は、私が王都の貴族学院に入学する目前のタイミングで投資に失敗し、突如《とつじょ》として家計が火の車になってしまった。やむを得ず、私は学費の安い地元の学校に通っている。

れっきとした伯爵家の娘でありながら、貴族子女なら通うのが常識とされる貴族学院を卒業できなかったことも、十分な教養を備えていないと判断され縁談には不利に働いた。その穴を埋めるべくお母様にマナーを習い、ダンスの練習にも励んだけれど、結局意味をなさなかった。

釣り書きを送っためぼしい家からはことごとく断られ、たった一度のお見合いすら成立しなかったのだから。

「どの本っすか？」

「あそこの『魔法の応用と実例』とその上の『飛行と浮遊』」

ジミーは棚から本を抜き取り、ガッシリした巨軀をかがめるようにして渡してくれた。

「ありがとう」

「また魔法ですか。熱心っすね」

「うん。これぐらいしか皆の役に立てないしね」

役に立つだなんて偉そうなことを言ってみたものの、私にできるのは魔法の付与だけだ。これまで何度試みても、火炎や雷撃といった攻撃魔法や結界などの防御魔法を直接発動させることはできなかった。魔法の才には個人差があるのだ。

魔法属性『火』『水』『風』『雷』『土』『闇』『光』のうち、複数の属性を持ちさまざまな魔法を操る者もいれば、一つの属性しかなくても魔力量が多い者もいる。

同じ属性の魔法でも難易度に違いがある。たとえば光属性の場合、清掃に便利な浄化《クリーン》は比較的簡単で生活魔法と呼ばれる一方、上級の治癒《ちゆ》魔法を使える人はわずかだ。

高度な魔法ほど魔力を消費するので、生まれつき魔力量が多いほうが有利とされている。けれど魔力コントロールは努力次第で上達するため、先天的な能力がすべてではない。魔法は奥が深いのだ。

生活魔法が使えるとメイドの職を得やすかったり、より高度な魔法を操る者は王宮魔法師として身を立てたりと、魔法によって就職や出世のチャンスに恵まれることは少なくない。

特にこの国の兵士は魔物が跋扈《ばっこ》する広大な『魔の森』の定期討伐に従事しており、功績を上げるために、どれだけ戦いに役立つ魔法を駆使できるかが彼らの関心事となっている。ゆえに身を守るのに便利な防御系や威力の高い攻撃系の魔法ばかりが注目を浴び、補助的な役割の魔法付与は地味で目立たない。

だが、ここでは違う。

ハーシェル伯爵領は王都からその『魔の森』へ向かう途中にあり、兵糧補給地としての役割を担っている。騎士や傭兵《ようへい》が行き交うため、いつの頃からか街には武器屋が軒を連ねるようになった。

そこで活躍するのが注文に応じて剣に炎や雷の攻撃力を加えたり、防具を保護強化させたりする魔法付与の専門職『魔法付与師』である。身分に関係なく能力さえあれば稼げるから、なりたがる領民は多い。

ハーシェル家は領主として魔法付与師の協会を設立し、彼らの保護管理に努めている。

私も会員登録していて、依頼があれば正規料金で請け負う。少しでも領地のためになればと魔法について学び、実験することもある。それがけっこう楽しい。

「帰りは協会に寄りますか？」

「今日はやめておくわ。卒業までもうすぐだから、図書室で借りた本を読んでしまわないと」

「では屋敷に直帰でいいっすね？」

「あ……やっぱり手芸店で刺繍《ししゅう》糸を買おうかな」

「刺繍なんて、めずらしい……そっか、もうすぐ兄さんの誕生日だから」

図星を指されて顔が熱くなった。

ジミーの兄ハリーは我が家の執事で、いずれ父親の跡を継いでハーシェル家の家令になる予定だ。そして彼と夫婦になって、将来当主となる弟のサイラスを支えることが、貴族令息との縁談を諦めた両親が考える私の身の処し方だった。

ハリーと結婚することに異論はない。彼は、私の大好きな人だから。誕生日に手作りの品をプレゼントしたいと思うほど、心ときめく相手なのだ。

「な、なっ……！」

あたふたする私を見て、ジミーがハハハと笑い声を上げた。

「兄さんと結婚するんでしょ？　先日、うちの両親が話しているのを小耳に挟《はさ》みましたよ。近々、旦那様が正式にお決めになるとか。よかったじゃないっすか、売れ残らなくて」

「いちいち言うことが、憎たらしいのよ」

不満を口にしつつも、頬が緩《ゆる》む。

「そりゃ、昨日はひどい目に遭《あ》いましたもん。お嬢の実験につき合っていると命がいくつあっても足りないっすよ。これくらいの憎まれ口は許していただかないと」

その言い分には一理ある。昨日、攻撃魔法が苦手なご婦人のための護身用グッズを作ろうと思い立ち、とりあえず手元のハンカチに麻痺《まひ》効果を付与してみたのだが、ジミーに試してもらったところ、小一時間もぴくぴくと体を震わせたまま動けなくなってしまったのだ。

あれは失敗だった。今度は発動条件を限定して、再チャレンジしてみよう。ご婦人が常に持ち歩いても不自然ではないという点では、手袋《グローブ》に付与してみてもいいかもしれない。

アイディア商品とは、そうやって試行錯誤を重ねることで完成するのだ——と説いても、武人のジミーには理解できないだろう。ここは嫌味の一つや二つ、我慢しようではないか。

「悪かったわ。あれから付与率を四十パーセントまで減らしたから、もう大丈夫よ」

私が肩をすくめて言うと、ジミーは安堵《あんど》したように息を吐いた。

「あんな凶器がそのまま放置されなくてよかったっす」

それから街の手芸店で刺繍糸をたくさん買って帰った。

さて、どんな柄にしようか……手作りするなら、世界に一つだけの特別な贈り物にしたい。

幸運を呼ぶ四葉のクローバー？　それとも自由に羽ばたく鳥？

あれこれと悩み、ハリーの好きな色がルビーレッドなので、赤い火吹き竜の意匠に決めた。いっそのこと温熱効果を付与して懐炉《カイロ》代わりに使えるようにしてもいいかもしれない。

うん、そうしよう。気に入ってくれるといいな。

ここ最近、私は生前お祖母様が愛用していた安楽椅子に腰かけてハンカチに針を刺すのが、すっかり日課になっている。

想い人のために刺繍をする……なんて穏やかで幸せな時間なんだろう。

お父様からはまだ正式な話はないけれど、二週間後に近づいた私の卒業に合わせて婚約を発表するつもりなのだろうとのんびり構えていた。

「シャノン姉様。ちょっといい？」

ノック音のあと、弟のサイラスが遠慮《えんりょ》がちに扉《とびら》から顔を覗《のぞ》かせた。

彼は、十五歳にしては体格がよい。育ち盛りだから、これからもっと背が伸びるだろう。

「ちょうど休憩するところだったの。一緒にお茶でもどう？」

部屋に招き入れ、侍女のグレタを呼んでお茶の用意を命じた。ティーテーブルへ移動し、向かい合わせに座る。大きな体で所在なさげにもじもじしているサイラスが微笑《ほほえ》ましい。

「明日、出発するんだ」

「そう、寂しくなるわね。たまには手紙を送ってよ。王都で流行の小説とか食べ物とか、いろいろ教えて？」

「うん、長期休暇には帰ってくるよ。お土産《みやげ》をたくさん持って」

「楽しみにしてるわ」

サイラスは貴族学院に入学するため王都へ行くのだ。前途洋々である。

それなのに急にしゅんとなって「なんか、ごめん……」と目を伏せてしまった。どうやら私が諦めた貴族学院に自分が通うことを引け目に感じているようだ。

「何言ってるのよ。あなたはハーシェル家の跡取りなんだから、しっかり学んでいらっしゃい。そして将来、姉様に楽させてよ」

おどけたように片眼をつぶると、サイラスはやっと柔《やわ》らかな表情を浮かべる。優しい子なのだ。

「そうだね。僕、頑張るよ」

次期当主らしい頼もしい答えが返ってきた。

一時は没落寸前の我が家だったが、今は持ち直している。

美人と評判のベティお姉様が、侯爵家の嫡男に見初められたからだ。先方には政略的な利益がないのに、持参金不要のうえ借金の肩代わりまでしてくれるという破格の条件での嫁入りだった。

格下のこちらから私の学費の援助まではさすがに言い出せず地元の学校に通うことになったものの、お陰《かげ》でサイラスの入学金を貯めることができたのだ。

「ベティお姉様に感謝しないとね」

「王都の侯爵邸にいるだろうから訪ねてみるよ」

「それがいいわ」

グレタが紅茶とビスケットを運んできたので、サイラスと味わう。サクッとした歯触りがして、焼き立ての甘い香りが口の中に広がる。

「あ、そうだ。ご婚約おめでとうございます。シャノン姉様が領地に残ってくれるなんて心強いや」

「まだ正式に決まったわけじゃないわよ」

「でも父上はそのつもりなんでしょう？　次に会うのは、結婚式かもしれないな。ベティ姉様は知ってるの？　早く言わないと『着て行くドレスの注文が間に合わない』って叱られちゃうよ」

「正式に決まってからでも十分間に合うわよ。ウエディングドレスだって、まだ注文していないんだから」

「それもそうか」

サイラスは屈託のない笑顔を見せ、ひとしきり世間話に花を咲かせてから自室に戻っていった。

私は刺繍を再開する前に、弟が乗る馬車の調子を確認しておこうと思い立ち、馬車置場へ向かうことにした。

我が家の馬車と馬具には、私の魔法が付与されている。馬の負担を軽くするための軽量化魔法、道が悪くても車輪が壊れないようにするための強化魔法、馬車全体への保護魔法など。道中何が起こるかわからないので、さらに念には念を入れたい。

「シャノン様？　どうしたんですか、こんな所まで」

厩舎《きゅうしゃ》の管理室の扉を開くと、目の前に御者のティムと打ち合わせをしているハリーがいて、びっくりされてしまった。私も会えると思っていなかったから、嬉しい偶然に胸がドクンと波打つ。

「サイラスが明日発つと聞いたから、馬車に浮遊魔法を追加しておこうと思って」

「浮遊魔法？」

二人とも怪訝《けげん》な顔で首を傾げている。

「もし崖から転落したら危険だもの。あらかじめ発動条件を術式に組み込んでおけば、通常時に車体が浮くことはないわ。付与率八十パーセントで落下速度を大幅に軽減できて、なおかつ――」

「わかりましたっ、わかりましたから落ち着いて」

一気にまくし立てる私をハリーが制した。そしてコホンと咳払《せきばら》いしてから優しく諭《さと》す。

「王都までの道中に崖はありませんよ。定期的に討伐隊が行き来するので、道が整備されているのはご存じでしょう？　それこそ伝説の超巨大なブラックドラゴンでも現れて馬車を持ち上げない限り、転落などあり得ません」

「あら、そうなの？　でも万が一ってこともあるじゃない。本当は飛行魔法を付与できたらいいんだけど、馬車ごと飛ばすには魔力が足りなくて」

飛行は風属性の上級魔法だ。王宮の筆頭魔法師ならば自身が飛ぶことも可能だと噂《うわさ》で聞くけど、私にはそこまでの実力はない。いかんせん上級魔法はコントロールが難しく魔力消費も激しいので、疲れて体がくたくたになってしまうのだ。

以前、荷馬車で実験したときは付与率四十パーセントで力尽き、丸一日眠ってしまった。お母様にめちゃくちゃ叱《しか》られたので、それからは無茶をしないようにしている。

「わっはっは。空飛ぶ馬車ですか。シャノンお嬢ちゃまは、夢がありますなぁ。将来が楽しみです」

「ちょっと、ティム！　私はもう十八歳よっ」

「おや？　もうそんな年齢におなりなすったか」

ティムがとぼけた。この中年のベテラン御者は、事あるごとに小さな私を子ども扱いする。今回も絶対にわざとだ。

「ふん。ティムじいも、とうとう耄碌《もうろく》したわね」

私がやり返すと、ティムはますます愉快《ゆかい》そうに声を上げて笑った。こんな応酬はいつものこと。嫌われているわけではなく、親愛の裏返しだとちゃんとわかっている。

ハリーも「まあまあ、シャノン様。ティムも、もうその辺にしておきなさい」と苦笑いするだけで強く咎《とが》めたりはしない。

「心配されるのはわかりますが、大丈夫ですよ。ジミーが護衛ですし、ティムも王都までの道には慣れていますから」

「そうですよ、お任せください。サイラス様は、必ず無事に送り届けます」

ティムが一転して神妙になったので、私も「頼みましたよ、ティム」と厳粛に返事をする。それから打ち合わせの邪魔《じゃま》にならないように管理室を出た。

厩舎は、馬具置場、馬車置場、引き馬用の馬房、乗馬用の馬房などに別れていて、管理室から右に進むと馬車置場がある。

やっぱり、こっそりと浮遊魔法を付与してから戻ろうかしら。

立ち止まって悩んでいると、ハリーが追いかけてきて横に並んだ。どちらからともなく邸内に向けてゆっくりと歩き出す。

「シャノン様は、王都に行かれたことはないんですよね？」

「ええ。学校も地元だったから機会がなくて。きっと華やかなんでしょうね」

王都は若者たちの憧れだ。一度くらいは行ってみたいと思っているけれど……。

そんな私の心の中を読んだようにハリーが微笑む。

「では今度、一緒に行きましょう」

ベティお姉様とサイラスに会いに行く。きっと、そういうことでデートや婚前旅行みたいに特別な意味なんてない。ハリーにとって、あくまで私は主家の娘だ。今だって『お嬢様』に対する当たり前の気遣いをしているにすぎない。だけど。

一緒に――。

この言葉にドキドキと胸が高鳴る。

「……ええ」

私は、赤く染まっているであろう頬《ほお》を隠すように俯《うつむ》いた。

結局、馬車に浮遊魔法をかけそびれてしまい、それに気づいたのは明くる日、弟が出立したあとのことだった。

＊＊＊

卒業を迎えても私とハリーの婚約が調《ととの》うことはなく、やきもきしながら数日が過ぎた頃。

「魔物討伐のあと、正式に書面を交わすそうよ」

お母様からそう説明されて、ホッと胸を撫《な》で下ろした。

間もなく始まる魔物の定期討伐が終われば、お父様の仕事に一区切りつくのだそうだ。

婚約してしまったら結婚準備で忙しくなるので、やりたいことがあるなら今のうちだと言われて、それならばと積極的に魔法付与師協会の依頼をこなすことにした。

護衛のジミーがまだ王都から戻らないため、代理でハリーが同行している。

知的な顔立ちで黒いスーツをスラリと着こなすハリーは、見るからに戦闘に不向きそうだ。護衛なんてできるの？　もし怪我でもしたら――と案じる気持ちが顔に出てしまったのだろうか。

「弟ほど手練れではありませんが、心得はあります。雷撃魔法も使えますからご安心を」

ハリーはそう言って、私の不安を拭うように微笑むので反対できなかった。どうやらクリントン兄弟は、将来サイラスを支えられるように特殊な訓練を積んでいるらしい。

後学のために魔法付与師の仕事の現場を見ておきたいのだ、とハリーは言う。しかしそれは建前で、本当のところは婚約者同士の仲が深まるようにと両親が采配《さいはい》したに決まっている。

幼い頃は暇《ひま》さえあればハリーに引っついていたものだが、執事見習いになった頃から年を追うごとに彼の仕事が忙しくなっていった。将来この家を取り仕切る家令になるのだから、私にかまう暇がなくなるのは当然の成り行きだ。私も学業と魔法付与師の仕事を両立しはじめると、一転して慌《あわ》ただしい日々を過ごすようになってしまった。

自然と話す機会が減っていき、同じ屋敷にいるのにチラッと姿を見かけるだけの日もある。近いのに遠い。なんだか切なくて、布団の中で泣いた夜もあったっけ。

また一緒にいられるんだ。今度は婚約者として……なんて意識すると態度がぎこちなくなりそうだ。けれど、二人の時間を持てることは素直に嬉しい。お陰で近頃は共通の話題が増え、距離がぐんと縮まった感じがする。

今日は、武器屋の店主モーガンさんの所だ。

刃物を専門に扱っていて、他国から取り寄せた剣や刀、鎖《くさり》のついた鎌、手裏剣《しゅりけん》という投げて使う物など、商品はバラエティに富んでいる。そのため遠方からわざわざモーガンさんを訪ねる熱心な客も多い。

「本日は、太刀《たち》の強化でよろしいですか？」

さっそく奥の作業場に通されたので、依頼内容の確認を行う。

ハリーは邪魔にならないように部屋の隅で黙って見学している。

供がいるので、モーガンさんもなんとなく私の正体を察していると思うけれど、ここではあえて身分を明かさない。どの客にも一介の魔法付与師として接するのが、身分差による理不尽やトラブルを避《さ》けるために定められた協会のルールだ。

「へい。とある剣士様にお渡しする物で、今回の魔物討伐に参加されるそうです。刃先の強化とできれば少し軽くしてほしいと」

「わかりました」

作業台に一本の黒漆の太刀が載せられた。持つとずっしりとした重みが腕に伝わる。モーガンさんに鞘を引き抜いてもらい冴えた刀身が露《あら》わになった瞬間、研ぎ澄まされた切っ先が青白く光った。

妖《あや》しげな美しさを宿したこの太刀は、刀鍛冶渾身の一振りともいえる立派さだ。魔物を斬《き》るには、いささかもったいない気もする。個人的には観賞用にしたい。

「これ、闇魔法の『血吸《ちす》いの呪い』を付与したら妖刀らしくなりそう……」

「シャノンさん？」

うっかり漏《も》らした独り言に反応して、モーガンさんは訝《いぶか》しげに眉《まゆ》を寄せる。

「なんでもありません。では、始めます」

私は事務的な口調で誤魔化《ごまか》し、そそくさと付与作業に移った。

「刀は通常、魔物の鋭い爪《つめ》や牙《きば》で刃こぼれしないように刃先の強度を上げるのですが、最高強度にしてしまうと刀身のバランスが悪くなって、打撃の衝撃で折れやすくなるんです。付与率六十パーセントが限界ですね。その不足分を保護魔法で補います」

素人のハリーにもわかるように説明しながら、少しずつ魔法を付与していく。大まかに強化できたら、次は魔力を細かくコントロールして付与率の微調整だ。

強化は依頼の多い魔法の一つで、経験を積むうちに『ここだ！』という絶妙なタイミングが感覚でわかるようになった。今は手慣れたものである。

魔物討伐は命の危険を伴うため、装備はとても重要だ。最高の状態に仕上げなければ。

あと五、いや三パーセント、二、一……。

それから三割ほど軽量化する。一キログラム以上あった刀が、だいぶ軽くなった。そして攻撃を受けたときのダメージを減らすため、最後に保護魔法をかけた。

「……終わりました」

「助かりました。なんせ、急に頼まれたんで」

魔物討伐が近くなると、協会には魔法付与の依頼が増す。急ぎの仕事もめずらしくない。

討伐隊の主力は王家の騎士団だが一般からも広く兵を募っていて、この領地や近隣の強者《つわもの》たちが報奨金目当てに参加するのだ。毎年、ハーシェル家の私兵からも数名ほど志願し、ジミーもその一人だ。

「重さは個人の好みがあるので、調整が必要なら遠慮なくおっしゃってください。あと一割程度なら軽くできます」

本人が立ち会ってくれたら一番いいのだけど。

そう伝えるとモーガンさんは、「へい」と短く返事をした。

「では、ここにサインを。お支払いは、いつもどおり協会にお願いしますね」

作業内容を記した書類に確認のサインをもらって依頼完了。これをもとに協会で請求書を発行する仕組みになっている。

モーガンさんの店を出てもう一件、近所の武器屋で盾《たて》の強化をして本日の仕事が終了した。

「お疲れになったでしょう。カフェに寄ってから帰りませんか？　王都で話題のレモンバターケーキを出す店があります」

休憩なしで働く私に同情したのだろう。労《いた》わるような眼差《まなざ》しでハリーが切り出した。

「行きましょう！　王都で話題のケーキだなんて楽しみだわ」

ハリーに誘われた私は上機嫌だ。スキップしたくなるのをぐっと堪《こら》えて、街で一番人気のカフェへと急いだ。

店内で爽《さわ》やかなレモンの香りのケーキを頬張っている間、ハリーには女性客たちの熱い視線が集まっていた。サラサラの黒髪にハニーブラウンの優しい瞳、スッと鼻筋が通った端正な顔立ち。そのうえ貴族に仕える執事だけあって、上品な身ごなしなのだからモテないわけがない。

私の婚約者よ！ と自慢したい気持ちがムクムクと芽生える。しかし残念ながら、執事服のハリーと仕事用の簡素なワンピースを着たチビの私とでは、まかり間違っても恋仲には見えない。兄妹が精々のところだ。

実際に彼は、私に対して妹のような感情しか抱いていないと思う。お茶に誘われたと浮かれていても、女として見られていないことくらいバカじゃないからわかる。だから仕方がないと言えばそうなのだけど、絶え間なくチラチラと送られてくる彼女たちの秋波が気になって、どうにも落ち着かないでいた。

一方、ハリーは平然とブラックコーヒーを啜《すす》り、ゆっくりと味わってから静かにカップを置いた。

「そういえば、シャノン様。『血吸いの呪い』とはなんですか？」

唐突に尋ねられて驚いた私は、ケーキを喉《のど》に詰まらせた。慌てて紅茶をがぶ飲みする。まさか、作業中の独り言に興味を持たれるとは。

「ゴホッ、そんなの知ってどうするの？」

「いえ、初めて耳にした魔法なので興味を持っただけです。これからは魔法付与師の仕事について、知識を増やしていこうかと思っているので」

将来妻となる人の仕事について知りたいということだから、ハリーなりに気を遣っているのだろう。たとえお父様に命じられた強制的な結婚なのだとしても、誠意をもって寄り添う努力をしてくれているのだ。

それでいい。こうして一歩ずつ、一歩ずつ共に歩んでいけば、いつか本当に愛し合う夫婦になれるかもしれないもの。

「『血吸いの呪い』は、刃に付与する闇属性の魔法の一つよ。持ち主の血を代償にして、一撃必殺の大技を放つの。たとえ瀕死の状態だったとしても、命さえあれば発動するわ」

「血ですか。なんだか恐ろしいですね」

「三代前の国王の護衛騎士が、これで敵襲を退けたと伝えられているわ。大量の血を刃に吸わせることから呪いと言われているの。非人道的だから禁忌とされて、最近の魔導書には載っていない古い魔法なのよ」

「禁忌なんですか。しかし護衛が身を挺《てい》して主君を守ることなんて、歴史上、何度もあったでしょう。最後の力を振り絞って『血吸いの呪い』を発動させたとしても、やむを得ない気がしますけど」

「最後の力ならね。この呪いに必要なのは血であって、命じゃないの。つまり、一回発動させたあとに治癒魔法で全快させてしまえば、何回でも使えるのよ」

「うわ……拷問のように何度も苦痛を繰り返すなんて………」

「ね？　残酷でしょ。だからあんまり禁忌の魔法については、広めないほうがいいのよ」

「そうですね。聞かなかったことにします」

ハリーは引きつった顔で大きく頷《うなず》いた。

以前、実験と称してジミーの短剣に『血吸いの呪い』を付与したことは秘密にしよう。そうしよう。

「このケーキ、美味しいわね。王都の味がするわ」

「シャノン様、王都じゃなくてレモンです」

ハリーが大真面目《おおまじめ》に訂正したのがおかしくて、堪えられず噴き出してしまった。

＊＊＊

魔法付与師の仕事の合間に毎日コツコツ刺繍した甲斐《かい》あって、やっとハリーの誕生日プレゼントが完成した。

温熱効果付きの赤竜のほかに、冷却効果付きの青竜バージョンも刺繍したので思ったよりも時間がかかってしまった。

しかし……二十三歳になる成人男性のプレゼントにハンカチ二枚ってどうなの？　と、少々味気ない気がして不安になる。ネクタイピンかカフスボタンを追加しようか。でも装飾品は正式に婚約してからのほうが無難？

「どうしようかしら……」

うんうん唸《うな》りながら部屋の中を行ったり来たりしていると、グレタが呼びにきた。

「シャノンお嬢様、馬車の準備ができましたよ」

「え？　あ……今行くわ」

「うわの空ですね。一体どうしたんですか？」

気の利くグレタが私を気遣う。

彼女は頼りにしている侍女の一人だ。そしてなんと、あのジミーの婚約者である。二人の仲睦《なかむつ》まじさは、使用人たちの間でも有名だ。

彼女になら的確なアドバイスをもらえるのでは？　と考えた私は、思い切って机の引き出しからハンカチを取り出して目の前に広げた。

「ハリーの誕生日プレゼントなのよ。頑張って刺繍してみたの」

「まあ、ドラゴンですか。これはまた……シャノンお嬢様らしい斬新なデザインですね。きっとハリーさんも喜びますよ」

グレタが、二枚のハンカチをまじまじと見ている。

ちなみに『豪快に火を吹いている赤竜』と『敵を威嚇《いかく》する青竜の顔』の図柄だ。立体的に見えるように工夫した自信作である。

「そう？　眼の部分とか苦労したのよ」

「はい。青竜のぎょろっとした目つきが、まるで本当に睨《にら》まれているようで迫力満点です。畳《たた》むのがもったいないですね」

「でもね、これだけじゃ足りないと思うの。何かもう一品、贈りたいのだけど」

「そうですか？　こんなに緻密な刺繍は滅多《めった》にお目にかかれませんし、シャノンお嬢様のことだから、何かしらの魔法を付与なさっているのでしょう？」

「あら、わかる？　温熱と冷却の効果をそれぞれ付与してあるの。冬はあったか、夏はひんやり、ってね」

「十分ですよ。魔法付きのハンカチなんて、どこにも売っていませんから」

「そうかしら？」

「そうですよ」

グレタに太鼓判を押されて一安心。

その晩、私はハンカチを丁寧《ていねい》に包装してリボンを結んだ。


そして迎えたハリーの誕生日。

討伐隊が王都を発ったとの報告を受けて、お父様と家令マイルズをはじめとするその部下たちは多忙を極めていた。

お父様は朝からマイルズを伴って軍の補給品の最終確認へ向かい、お母様も婦人会のお茶会で不在。なぜか私とハリーが執務室にこもって、滞っていた事務作業を片づけている。

これでは魔法付与師協会の繁忙期がピークに達する中、無理して予定を空けた意味がないではないか。どうせ仕事になるなら、例年どおり協会の依頼を受ければよかった。そうすればこの前みたいに、ハリーとカフェに寄って帰ってこられたのに。

「シャノン様は慣れていないのですから、無理しないでください」

ハリーが帳簿をつけている手を休めて顔を上げた。

「大丈夫。メイドの勤務シフトを組むくらい余裕よ」

嘘《うそ》だ。家庭教師《カヴァネス》に勧められて十四歳で魔法付与師になって以来、そちらと学業を優先してきたので家のことはさっぱりわからない。

本来、シフト管理はメイド長の仕事だ。お母様は出来上がったシフトを確認して承認するだけ。なのに私にお鉢が回ってくるということは、いずれサイラスの補佐をするのだから、今から家政を学んでおけという両親からの無言のメッセージなのだろうか。

これもハリーと結婚するためだと気合を入れるものの、メイドたちの希望申請の内容がひどい。

『討伐隊が到着する日は休みたいです』

『騎士団到着の際は、お休みをいただきたく――』

『騎士様をお出迎えするので、休暇をください』

どれもこれも憧れの騎士を見に行きたいがための休暇願い。あわよくば見初められたらラッキーとでも思っているに違いない。それほど高給取りの騎士は、女性たちに人気があるのだ。

「くっ……勝手なことを。これじゃシフトが組めないじゃない。全員クビにしてやるぅ～！」

思わず恨《うら》み言が口からこぼれた。

というのも我が家は、メイドや馬丁といった下級使用人を孤児院から採用していて、中には魔物討伐で親を亡くした者もいる。この国では女性の職が少ないから、安易に解雇すれば路頭に迷ってしまう。そのため没落しかけたときは、雇用を維持するためのお給金を工面するのが大変だったのだ。あの頃の苦労を顧みれば、勝手気ままなメイドたちの態度に文句の一つも言いたくなるというもの。

「まあまあ、年頃の娘なんてそんなものです。カリカリしないでお茶でも飲みましょう」

私の手元にあった希望書を覗き込みながら、ハリーは苦笑いする。そして、自らお茶を淹《い》れに部屋を出て行った。

「まあ、ね。結婚に夢見る気持ちはわかるけど」

私は誰もいなくなった部屋で独りごちた。

しばらくしてハリーが紅茶とナッツ入りのクッキーを持ってきたので、プレゼントを渡すことにした。ムードもへったくれもないけれど、今日はこのまま事務作業に忙殺されそうなので、チャンスは今しかないような気がして。

「誕生日おめでとう。これ……」

おずおずと包みを差し出すと、ハリーは驚いたようにハニーブラウンの瞳を見開いた。

「ありがとう……ございます。まさか、いただけるとは思いませんでした」

律儀に「開けていいですか?」と了承を得てから固く結びすぎたリボンを解く。

私はその仕草を器用な指先だなぁと思いながら眺《なが》めている。

「火吹き竜ですか。ダイナミックですね」

ハリーは、そう言いながら赤竜が吐き出す炎をひと撫でする。すると魔法が付与されているのに気がついて口元をほころばせた。

「温熱……懐かしいですね。ハンカチは初めてじゃないですか?」

「そうね。ストールや手袋、下着《ドロワーズ》には嫌というほど付与したけど、ハンカチにはしたことがなかったわ」

「当時は、客室がストールと下着の山でしたからね」

実のところ、我が家が困窮してからベティお姉様が婚約して援助を受けるまでには、数か月のタイムラグがあった。

その頃の私たちは当座をしのぐお金が欲しくて、ドレスや宝石、骨董品など売れる物から売っていった。そんななか、少しでも付加価値をつけようとストールや手袋に温熱効果を加えてみたら、それらは富裕層に高値で売れたのだ。

調子に乗った私は下着にも温熱効果を付与しようとひらめいた。試しに王都の貴族学院にいるベティお姉様へ見本品を送ったところ、冷え性に悩む留学生の令嬢に気に入られ大量注文を受けたのだった。そして、その令嬢の紹介で大陸の中央にあるヴェハイム帝国にまで販路を広げることができ、王都の屋敷を売らずにすんだ経緯がある。

「毎日、魔力が枯《か》れるほど下着の温熱付与に明け暮れたわ。思えば、あのときに魔力コントロールの腕がぐんと上がったのよね」

「ハーシェル家が思いのほか早く持ち直したのも、シャノン様の努力のお陰ですよ。お忙しいのに、夏用にと冷却付与の冷風扇子《せんす》まで作られて」

ハリーが褒《ほ》めてくれたので、胸がいっぱいになる。お母様は私のことを「貴族の娘が下着を作るなんて、はしたない」と言って認めてはくれなかったから。

この商売に手ごたえを感じたお父様は、ベティお姉様の婚家からの援助金で本格的に事業化した。軌道に乗ったところで私はお役御免となり、現在はほとんど関与していない。

両親にとって一番の功労者は、ヴェハイム帝国の貴族とコネを作り、そのうえ事業資金まで用立てたベティお姉様だ。

「ふふ、ありがと」

ようやく報われた気がした。商品化するにあたって人の肌に直接触れる物だからと素材にこだわり、付与率を一パーセント単位で調整し、心地よい温度を模索してやっと完成したのだ。魔法付与のことをよく知らない人たちからは、適当にちゃっちゃと魔法をかけるだけの簡単なお仕事だと誤解されがちだけれども。

わかってくれていたんだ……。

嬉し涙がこみ上げるのをぎゅっと目をつぶってやり過ごす。それを誤魔化すために、メイドのシフト表に向き合うふりをして顔を隠した。

私が仕事に戻ったのを機に、ハリーも業務を再開する。

「メイドたちの希望申請は却下するわ。全員、出勤！　その代わり、皆平等に三時間勤務。これなら交代で騎士を見に行けるでしょう」

甘いと叱られそうだが、メイドたちの楽しみを奪うのも忍びない。

「よい判断です」

ハリーが帳簿にサラサラとペンを走らせながら答えた。

私は嬉しくて、再びぎゅっと瞳を閉じたのだった。

＊＊＊

家政に疎い私だが、孤児院への差し入れだけは物心ついた頃から定期的に続けている。領主の娘らしい唯一の善行だ。

「シャノンお嬢様、ビスケットとキャンディの用意ができております」

キッチンの作業場に着くと、白いコックコート姿のミックが恰幅のいいマシュマロのような体を揺らして私を出迎えた。クシャッと皺《しわ》の寄った丸顔で微笑むこの中年男性は、背が伸びないと悩む私のためにスペシャルメニューを考えてくれたり、無茶な注文にも快く応じてくれる仕事熱心な料理人だ。

「ありがとう、ミック。まあ、こんなにたくさん！　大変だったでしょう」

作業台に載せられた山盛りのキャンディを目の前にして、思わず感嘆の声を上げる。ビスケットのほうは、すでに梱包が済んでいた。

「いえ、これくらいどうってことありません。キャンディは暇を見ながら、少しずつ作るようにしていましたので」

「では私の作業が終わったら、一個ずつ包み紙にくるんでちょうだい。そのあと孤児院に届けます」

「はい！」

元気よく返事をしたのはミックではなく、素直そうな新入りの少年三人である。

「よし、やるか……」

手をかざし、ゆっくりと回復魔法を付与していく。これは体力を回復するための光魔法だ。病気や怪我を治す治癒魔法と比べて難易度が低く、魔力消費も少なくてすむ。

医師や治癒魔法師による治療は高額なため、孤児たちは病気になっても薬草を煎じるか、安静にしているしかない。大量のキャンディに治癒効果を付与するには私の魔力が足りないので、せめてもと体力回復のキャンディを差し入れるようにしている。風邪《かぜ》の予防か早期回復には役立つだろう。

これが王宮所属の特級魔法師ともなると、大怪我や重病をすぐさま治す万能回復薬《ポーション》が作れるらしい。凡人の私とは雲泥の差だ。

「うわぁ……」

少年たちは私の魔法を初めて目の当たりにして、興味深げに目を輝かせている。手伝いのお礼に、少しキャンディを分けてあげると喜んで口に放り込んだ。

「！」

どんな魔法がかかっているのか、わかったようだ。彼らは包んだキャンディを蓋《ふた》付きバスケットに詰める作業を黙々とこなしながら、パチパチと目配せし合っていた。

「はい、これはミックの分。お疲れ様」

「こんな希少な物を……いつもすみません」

ミックは恐縮しながらキャンディを受け取る。

「ほんのちょっと疲れが取れるだけよ。遠慮しないで」

「ありがとうございます。これを舐《な》めると腰と膝が楽になるのですよ」

「それだけ体を酷使しているってことね。近々、治癒キャンディを作るから一つおすそ分けするわ」

腰はともかく、膝はその重すぎるぽっちゃりボディが原因では？　というのは言わないでおく。

「それは魔物討伐へ行くハーシェル家の兵士用でしょう？　少しでも多く彼らに持たせてあげてください。ポーションは低級でも高価で、私たちには買えないのですから」

「液体は固体よりも魔法を定着させるのが難しいのよ。それにポーションの素材となる薬湯のレシピは、王宮魔法師しか知らないの。だから低級ポーションでも高価なのよ。効果は高いらしいけど、私も実物は見たことがないわ」

私には技量が足りなくて、固体の中でもある程度硬さのある物にしか治癒魔法を付与できない。

「へえ、そうなんですか」

「そりゃ、液体のほうが飲みやすいし、緊急だったら、ちんたらキャンディなんて舐めてる場合じゃないわよね。でも、私にはこれが精いっぱいで……」

「いえいえ、とんでもないっ。皆、シャノンお嬢様に感謝しております」

ミックは気遣ってくれたけれど、少ししか作れないので一人に二、三個ずつしか渡してあげられない。私にもっと実力があったらよかったのに。

話しているうちに少年たちの手が空いたので、手分けしてビスケットを馬車へ運んでもらった。

「お嬢様、それは私が……」

「いいの、いいの、もう出かけるから私が持つわ。それより、次もよろしくね」

ミックが作業台に残されたキャンディ入りバスケットを運ぼうとしたので、横から奪う。重たいから素早く魔法で軽くして両腕で抱え、キッチンをあとにした。

馬車に向かう途中の廊下でハリーと出くわす。彼も一緒に孤児院へ行くのだ。

昨日、王都からジミーが戻ってきたのだが、もうすぐ討伐隊と合流して魔の森へ向かう予定のため、引き続き私の傍らにはハリーがいる。

「ちょうど呼びに行くところでした」

そう言って、ハリーはさりげなく私の腕からバスケットを取り上げ、隣を歩く。

「いいのよ、軽いから」

取り返そうとしても「貴族の令嬢は、荷物など持たないものです」と断られてしまう。頭上までバスケットを持ち上げて避けられては、ぴょんぴょん飛び跳ねても手が届かない。身長差がありすぎるのだもの。

「もうすぐ令嬢じゃなくなるから大丈夫」

ハリーの妻になるということだ――と何気なく口にした言葉の意味に気づいて、顔から火が出る。

「そういう問題じゃありません」

ハリーは素知らぬ顔をしたけれど、耳がうっすらと朱色に染まっていたのは見間違いじゃないと思う。なぜなら孤児院に到着するまでの間、私たちは無言でもじもじと馬車に揺られていたから。女として少しは意識されているんじゃない？　なんて内心舞い上がってしまった。

孤児院では、子どもたちにせがまれるままに追いかけっこをして遊んだ。

キャーキャー叫びながら、全速力で駆けたのは子どものとき以来かもしれない。いつだったかハリーとジミー、サイラスの四人でピクニックへ行ったことがあったっけ……。

はしゃぎすぎたせいで「シャノン様は伯爵家のご令嬢なんです。子どもたちと遊ぶにしても本を読むとか、絵を描くとか、おしとやかに過ごす方法はいくらでもあったでしょう」とハリーのお小言を聞きながら帰路につく。疲れがどっと押し寄せ、自室へ入るなりベッドに潜り込んだ。


嫌な、夢を見た。

探しているのに、ベティお姉様がいない。

今日は嫁入り先のファレル侯爵家へ出発する日だ。もう気軽に会えなくなるから、見送りの前に「おめでとう」と言ってプレゼントを渡したいのに。

どこにもいなくて、ハリーに訊《き》いてみようと執事部屋へ向かった。

行ってはいけない、と心が警鐘を鳴らす。

これは記憶だ。三年前の――。

引き返せと頭は命じているのに、勝手に体が動いてあの日をなぞった。

執事部屋の扉が少し開いていて、会話が漏れ聞こえた。ベティお姉様の声だ。

『――だからお願い、わたくしを忘れないで……』

『……忘れませんよ』

扉の隙間からそっと中を窺《うかが》う。

ベティお姉様が涙声で胸にすがりついていて、その背中に男の両腕が回った。頭を傾けた拍子に黒髪からハニーブラウンの瞳が覗く。

『きっと……わたくしは、ずっと………』

『泣かないでください』

バリトンの声が甘く響いた。

二人はひしと抱き合ったまま、離れようとしない――。

次の瞬間、私は身をひるがえして走り出す。

ああ、忘れたかったのに。今、はっきりと思い出してしまった。

ベティお姉様とハリーは相思相愛だったのだ、と。


私はベティお姉様に憧れていた。

私の想い人《ハリー》に愛されるお姉様。

ぜひにと請われて侯爵家へ嫁ぐお姉様。

美しいお姉様。

成績優秀なお姉様。

華やかな王宮舞踏会で優雅に微笑み、友人に囲まれ、紳士たちは皆お姉様をダンスに誘う。

ずっと羨《うらや》ましかった。

私は練習以外で踊ったことがない。

この国の社交界デビューは十六歳だ。貴族学院の在学中に相手を探して婚約を調え、卒業後遅くとも二十歳までに結婚するのが貴族令嬢の王道である。

学費を一括で支払っていたため退学せずにすんだベティお姉様は、ギリギリその王道を歩くことができた。

私は貴族学院入学を断念しただけでなく、夜会用のドレスを買うお金がないばかりにお父様から「社交界デビューは義務じゃないからね」と諭され、脇道を行った。

それに、たとえ王宮舞踏会へ行ったとしても壁の花になっていたことだろう。なぜならベティお姉様が貴族学院や社交場で注目を集めるようになるにつれ「あの姉に対して妹のほうは」と悪い意味で

有名になっていったから。

私は自分が会ったこともない人たちから「体が小さいらしい」「子が産めないのではないか」と噂され、挙句の果てに「醜いから表に出せないのでは?」「領地に引きこもる変わり者」と軽んじられていることを、偶然耳にしたお母様と侍女との会話で知った。

小さすぎる外見と、たまたまその年に貧乏だったという間の悪さ。たったそれだけのことが私とベティお姉様の人生に、ここまでの格差をもたらしている。

『侯爵家で肩身の狭い思いをしていないか案じていたが、夫婦仲睦まじく過ごしているそうだよ』

『あんなに愛されているのですもの。ベティは果報者だわ』

これは、ベティお姉様が結婚したあとに両親が交わしていた会話だ。

私は安堵していた。ベティお姉様は幸せになったのだ。ハリーとの間に特別な感情があったのだとしても、もう過去の話だ。今では懐かしい思い出に変わっているに違いない、と。

いつだって運命はベティお姉様の味方をする。この先も順調に人生を歩んでいくはずだ。

だから私は気兼ねなくハリーを好きでいられる。横恋慕の正当化のために誰かの幸せを願う……なんてひねくれた性格なんだろう。

私は、自分が嫌いだ。

＊＊＊

王都から来た討伐隊が領地を去り、彼らと共にジミーたち志願兵も出立していった。

経験豊富なジミーは火炎攻撃と身体強化の魔法が使えるし、実験と称して装備にさまざまな魔法を付与してある。きっと無事に戻ってくることだろう。

協会の依頼も落ち着いて、私は家の仕事に費やす時間が増えた。

ワインの在庫管理——こんなことまでするのかと仰天しながら、ハリーのあとをくっついて歩いている。

だがそれよりも、もっと驚くべきことが起きた。ハリーが誕生日プレゼントのお礼をしたいと言い出したのだ。

「希望があれば、なんでもおっしゃってください」

なんでも、と言われて心臓が跳《は》ねた。素直に望みを口に出していいのだろうか。

「……では、私と踊っていただけませんか？」

照れくさいので、私は淑女を誘う紳士の口調をまねして、わざとらしく丁寧な返事をする。お礼など要らないと断ろうと思ったのだが、ダンスに未練があってつい欲に負けてしまったのだ。

「ダンスですか？」

品物を求められると考えていたのだろう。ハリーの顔がキョトンとなった。

「せっかく習ったのに、社交界デビューしなかったんだもの。ビシビシしごかれたのよ、一回くらい踊りたいじゃない？」

「でしたら今年からサイラス様が王宮舞踏会へ参加なさいますよ。一緒に出席なさったらいかがですか？」

「それじゃあ、ドレスを贈って。初めての夜会だから白ね」

無理を承知で、ふふふと笑いながら冗談めかして言う。

社交界デビューする日、令嬢たちは、それとわかるように白いドレスを纏《まと》うと決められている。一人ずつ国王陛下に拝謁し、お言葉を賜るため手抜きができない。ドレスから作法に至るまで、何か月も前から念入りに準備をするのが通例だ。

いつも堂々としているベティお姉様ですら粗相《そそう》があってはならないと、初めての舞踏会の日はとてもとても緊張していたらしい。

「それは伯爵家の予算で買ってください。私の一生分のお給金が吹っ飛びます」

ハリーも笑って答えた。

一生分は大袈裟《おおげさ》だろう。精々、数年分だ。

「サイラスの服を仕立てるのが先だわ。お母様も新調するでしょう？　さすがに伯爵夫人が流行遅れのドレスを着るわけにいかないもの。私の分は無理よ」

「サイラス様は、シャノン様と舞踏会に出席なさりたいご様子でしたよ？」

「あの子が？　嬉しいけど、学院のご令嬢をエスコートすることになるでしょうね。早く婚活しないと乗り遅れちゃう。私にかまっている余裕なんて――」

そこで、ふと気づいた。そうか。以前、ハリーが『一緒に』と私を王都へ誘ったのは、弟の意を酌んでのことなのかもしれない。もしかして頼まれた？『シャノン姉様を舞踏会に連れていってあげたいんだ』と無邪気に微笑むサイラスの顔が目に浮かぶ。

だけどお父様は、今さら私を社交界デビューさせるつもりはないはずだ。没落の危機を脱したあと、そのチャンスはあったのに何もしなかったのだから。

悪評しかない私が舞踏会に出れば、否応なく好奇の目にさらされる。それをファレル侯爵家は快く思わないだろう。嫁いだベティお姉様の立場を悪くするかもしれない。最悪、これから婚約者を探すサイラスの足を引っ張りかねない……。

「行きたくないわ、王都なんて」

「急にどうしたんです？　あんなに憧れていたのに。もし旦那様が反対なさるなら、私から――」

「いいえ、ダメよ。気を遣わせて悪かったわ。サイラスにもきちんとしたご令嬢にパートナーを申し込むよう、あなたから伝えて。それがあの子のためだから」

真剣に訴えた。

ハリーは複雑な表情を浮かべ「私が浅はかでした。すみません」と謝る。こちらの意図を察してくれたようだ。

私は頷き、また軽口を叩いてみせる。

「いいのよ。ダンスなんて、ただの気まぐれだったんだから。それより魔法の実験につき合ってほしいわ。ジミーが討伐で不在だから、相手がいなくて」

「私でよければ喜んで」

その実験でジミーがどんな目に遭っていたのか知らないのだろう。ハリーは快諾した。

「えっ、いいの？」

あまりの警戒心のなさに良心が咎める。

「いいですよ。それでシャノン様のお役に立てるなら」

ハリーが微笑むと、ハニーブラウンの瞳が少し垂れて優しげな顔になる。私は慈愛に満ちたこの瞳が大・大・大好きなのだが、今その表情を見たら無茶な実験なんてさせられないと思ってしまった。

「え、えーと、そうね。じゃあ、そのネクタイピンをちょっとだけ貸してくれる？」

「これですか？　いいですけど……お気に入りなので失くさないでくださいよ」

それは知っている。執事になる際に彼の両親から贈られた祝いの品だ。先端のルビーは勝利と情熱を意味する宝石で、仕事中お守りのようにずっと身に着けている。だからハリーにとって、この真《ま》っ赤《か》なルビーは特別なのだ。

「大丈夫よ。すぐに返すから」と私が言うと、胸元のネクタイから外して渡してくれた。

私は手をかざして魅了回避の魔法を付与する。これは武器を強化するのとは違い、難しいテクニックがいらないからすぐにできた。

「はい、終了！　実験につき合ってくれてありがとう」

「早いですね。なんの実験だったんですか？」

ハリーが不思議そうにネクタイピンをまじまじと見ている。

本当は実験なんてしていないので、答えに窮してしまった。

「そ、それは……ハリーが誘惑に負けないための、じ、実験よ！」

強引にこじつけて押し切ってから、ハリーが……と失言してしまったことに気づいた。これじゃまるで浮気防止みたい。ハリーの耳が赤くなったのを見て、こちらも恥ずかしくなってしまった。


宵の口、窓の外からソナタが流れてきた。時折、ギィと耳障りな異音が混じる。お父様の仕業か。戯れにヴァイオリンを奏でているということは、ようやく仕事が一段落したらしい。

突然パタッと演奏が止み、少ししてからワルツに切り替わった。今度は美しい音色を響かせている。おそらくお母様から苦情が入ったのだろう。これは、お父様が唯一まともに弾ける曲だ。

窓を大きく開けて、部屋の中に音楽を取り込む。

それから私は瞳を閉じ、ハリーを思い浮かべた。目の前で優しく私の手を取りダンスホールへ誘《いざな》う、そんな姿を。

音楽に合わせて、実際にステップを踏む。

背筋をしゃんと伸ばし、つま先立ちをしても身長差が埋まらないので、ハリーはわずかに背をかがめている。私は首が疲れるほど見上げないと、ハニーブラウンの瞳と見つめ合えそうにない。

そういう想像をしながら、教師に教えられたことを忠実に再現していく。

ワン・トゥ・スリー、ワン・トゥ・スリー、ナチュラルターン……。

ここには私を嗤《わら》う者がいないから思いっきり踊れる。

ヴァイオリンの音色に恍惚となる。

どのくらい時が経ったのか、何度目かのターンを華麗《かれい》に決めたところで曲が終わった。

目を開けたとたん、ハリーの幻が消えていく。

窓を閉める間際、ふと星空を見上げると、一陣の風が吹き込みダンスの余韻を攫《さら》っていった。

「ひょっとして私、痛い女じゃない？　好きな人を妄想しながら一人で踊っちゃうなんて」

ゼイゼイと息を切らしてベッドに仰向けに倒れ込む。

「でも、スッキリした！」

想像だろうが妄想だろうが、踊ったことに変わりはない。一度だけ、好きな人と踊ってみたかったのだ。だけど、気を遣わせてまでしたいことじゃない。

むくりと起き上がった。内扉で繋《つな》がったクローゼットルームへ行き、ダンスレッスン用のドレスとシューズを一番奥に仕舞う。箱の紐《ひも》を結んでしっかり封をした。

これはケジメ……。

私は執事の妻になる。これらはもう必要ないのだ。

翌日、お父様に呼ばれた。きっと婚約の話だ。やっとその時が来たのだと、執務室へ進む足取りは軽かった。

2章

「ベティが離婚すると知らせてきたのだ」

お父様は困惑した顔で、ペラッと一枚の便箋《びんせん》をつまみ上げた。

今朝、ベティお姉様から届いたらしい。

執務室に到着して開口一番、予想外の言葉を聞かされ「はぁ？」と素《す》っ頓狂《とんきょう》な声が口から漏れた。

私とハリーの婚約の話ではないのか。一体どういうことなの？

この場には、私とお父様のほか、マイルズとハリーが同席している。

「ベティお姉様は、ファレル侯爵家で幸せなはずじゃ……」

「そう報告を受けている」

「ならどうして？」

「わからん、さっぱりわからん。手紙にも、近々ここに戻ってくるとしか書いとらん」

お父様はバリバリと頭を掻《か》きむしった。

隣に控えるマイルズが「ハゲますよ」と小声で諫《いさ》めている。

「ファレル家からは、なんの連絡もないのですよ。ベティ様お一人の考えなのか、それとも侯爵家も同意しているのか、それもわからないのです」

おたおたするお父様に代わって、マイルズが状況を説明した。彼はいつも冷静沈着だ。

「それでおまえたちの婚約なんだが、この件が片づくまで待ってもらえないか？」

「待つ意味あります？　紙切れ一枚、サイン一つで済むことなのに」

ベティお姉様の離婚と私の結婚がどう結びつくのか理解できず、お父様からの申し出に疑問をぶつける。

ずっと待たされていたのに、これ以上待つなんて冗談じゃない。婚約していないばかりに、こちらは正式にデートに誘うこともできないのだ。

「婚約するにあたって両家で取り決めなければならんこともある。それにシャノンはまだ十八歳だから、行き遅れというわけでもない。急ぐ必要はないだろう？」

両家の取り決め？　それを今になって言うのかと呆れた。「な？」と同調を求めるお父様をキッと睨む。

その様子を見かねたのか、マイルズが「離婚の理由次第では慰謝料が発生するのです。もらう側ならいいのですが、ベティ様の有責で支払うとなれば当家に甚大な被害を及ぼします。それを見極めないことにはなんとも……」と、私にもわかるように補足してくれた。

「慰謝料ですめばまだいいが、侯爵家の不興を買い事業を潰されたら一巻の終わりだ。シャノンの持参金にも影響するから、迂闊に縁談を進めるわけにいかないのだよ」

お父様も、しかめっ面で真情を吐露する。

我が家はようやく立ち直った状態で、まだゆとりがない。多方面に影響力を持つファレル侯爵家にそっぽを向かれれば、また借金生活に逆戻りだ。

私は持参金なしで嫁ぐか、最悪、縁談自体がなくなるか――。

「なるほど……承知しました」

納得したくはないが、そう答えるしかなくて声を絞り出した。ずっと黙ってやり取りを聞いているハリーは、今どんな顔をしているだろう？　怖くて見ることができない。

「どちらにせよ至急、情報収集が必要だろう。ハリー、頼んでもいいか？」

「かしこまりました。明朝、王都へ発ちます」

ハリーが静かに一礼する気配がした。冷たい口調にゾクッとして、おそるおそる横顔を盗み見れば渋面で唇《くちびる》を噛《か》みしめている。それはいつも穏やかな表情を浮かべている彼には滅多にないことで、悔しさなのか、怒りなのかはわからないけれど、たった一人の女性が原因であることは明らかだった。

ああ、ハリーは今でもベティお姉様のことが好きなんだ……。

堪らず目を背ける。抉るような胸の痛みとともに、ドクッドクッと心臓が嫌な音を立て始めた。

「まあ、ベティも愚《おろ》かではないから、最悪の事態にはならないだろう」

最後は、お父様の楽観的な一言で解散となった。


ここから王都までの道は整備されているが、状況次第でハリーはファレル侯爵領へ赴《おもむ》き事情を探ることになるだろう。道中は小さな森がいくつかあり、盗賊や魔物と遭遇する可能性がある。そう思うとハリーの無事を願わずにはいられない。

部屋に戻った私は、水晶に紐を通しただけのシンプルなペンダントを手に取った。

子どもの健やかな成長を願うため、我が国には親が子にお守り石を贈る風習がある。この水晶は生まれてすぐに両親から贈られた大切な物なので、売らずに残しておいたのだ。

私が魔法付与師として稼いだお金はすべて家計に入れている。それは屋敷の維持や伯爵家として体面を保つための費用の足しとなっているから、自分の好きに使えるわけではない。

私の服は学校の行き帰りと仕事用があれば十分だったので、伯爵夫人として社交が必須なお母様を優先させていた。こんなことなら少しは自分の宝飾品も買ってもらえばよかった……と後悔しても、今使えるのはこの石しかない。

「やっぱり、究極は結界魔法よね」

結界は最強の防御魔法だ。あらゆる攻撃に耐える強固な魔法防壁を作り出し、毒や魅了も無効化する。私は直接結界を張ることはできないけれど、物に付与することはできる。それを身に着けていれば、緊急時に身を守れるというわけだ。

なにぶん高度な魔法なので魔力コントロールが難しく、私の場合、なんにでもというわけにはいかない。小さくて硬い石のような物……宝石が一番魔力が安定してやりやすいのだ。

結界魔法を付与しようと水晶に手をかざしたとたんに、ガツンと魔力が削られる。魔力をどんどん消費していっても、かまわず付与率を限界まで上げて結界を強化していく。
九十六、いや、七……さすがに百パーセントは無理か。こちらの体がもたない。
その代わり時間をかけて、戦闘時の攻撃以外に急な雨や落馬にも対応できるように一つ一つ細かく調整した。会心の出来だ。

もう夕刻を過ぎていたが、フラフラになった体で完成したてのペンダントを渡しに行くと、執事部屋ではハリーが出発準備を粗方終えていた。

「結界魔法を付与してあるから、お守りに持っていって」

差し出したペンダントを見て、ハリーは目を丸くする。

「えっ、結界ですかっ。あの最上級魔法の?」

「そうなの。本当は外套とか防具に付与できればよかったんだけど、腕が未熟で石にしかできなくて。悪いけど、なるべく首にさげていてくれる？　このペンダントを中心に結界が張られるから、荷物に入れちゃうと意味がないっていうか……」

「い、いいえ、十分すごいです。でも、これはシャノン様のお守り石じゃないですか。いただけません、こんな大切な物」

「いいから」

「いえ、大丈夫ですから」

何度か同じようなやり取りが繰り返され、頑なに断ってくるので無理やり握らせた。

「あげるんじゃないわ、貸すのよ。だから、ちゃんと返すのよ？」

「……ではお借りします。王都でお土産を買ってきますよ。本当に大丈夫ですから、あまり心配しないでください」

最終的にハリーが折れた。私のことを心配性だと苦笑しながら、安心させるように受け取ったペンダントをその場で首にかけ、シャツの内側に仕舞ってくれた。

「必ず……戻ってきて……」

私の所へ――肝心の言葉は声に出せなかった。

手持ちの回復キャンディまで押しつけてようやく満足した私は、気が抜けたのか急に疲れを感じて、その場に崩れ落ちてしまったから。

「シャノン様？　シャノン様、しっかりしてください！　シャノン様！」

ハリーが咄嗟《とっさ》に私の体を支えた。

魔力の使いすぎだから大丈夫だと唇を動かす。伝わったかどうかを確認する前に意識が遠のいていった。

目覚めたのは翌日の午後。ハリーは早朝に屋敷を出たという。それを教えてくれたグレタは、私の魔力切れの理由を知って呆《あき》れ顔になった。

「ハリーさん、心配していましたよ、ずいぶん慌てて……。シャノンお嬢様だって、こうなることは、わかっていたでしょうに」

「だから無理して執事部屋まで行ったのよ。倒れる前じゃないと渡しそびれると思って。ハリーが受け取れないとゴネて余計な時間を食わなければ、こんな醜態をさらさずに部屋まで戻れたんだけどね。失敗しちゃった」

あっけらかんと答えたものの、心の中では、このまま二人の未来が引き裂かれていくような漠然とした不安がくすぶっている。

私がのそのそとベッドから這い出る一方で、今度はお母様が寝込んでしまった。ベティお姉様が離婚するのだと聞いてショックだったらしい。

「あの子が離婚するだなんて、一体どうしたらいいのっ？　せっかく家が持ち直してサイラスも貴族学院に入学したのに……グスッ……娘たちは傷モノ、伯爵家が落ちぶれたって……きっと皆の笑い者になるんだわ！　恥ずかしくてお茶会にも行けやしない……」

お見舞いに行ってみると、ワーッと泣きながら枕に顔を埋《うず》めている。

「まあまあ、落ち着いて」

娘たちって……しっかり私もカウントされている。何かしたわけでもないのに傷モノ扱い。なんて失礼な！　と抗議したいけれど、今はとにかくお母様を宥《なだ》めるのが先だ。

「これが落ち着いていられますかっ。キャンベル伯爵夫人とメイブ子爵夫人に、ネチネチ嫌味を言われちゃうのよ？　一昨年なんて一年前と同じドレスを着ただけで『あら、大丈夫ですの？　夫人のドレスに難儀するようでは、討伐隊の補給もままなりませんわね』って……ううっ……逆よ、そのためにドレスを我慢したのに、ぜーんぶわかってて絡んでくるのぉぉ！」

「言いたい人には言わせておけばいいじゃないですか。あのとき、お母様がドレスや宝石を惜しげもなく売ってくれたからこそ、急場をしのげたんですもの」

私はヒックヒックとしゃくりあげるお母様の背中を優しくさすった。

「グスッ……次の王宮舞踏会用のドレス、実はもう注文しちゃったのよ。もし莫大な慰謝料を支払うことになったら……」

「まだそうと決まったわけじゃありません。そんなに心配しなくとも、そのドレスは私がたくさん働いて買ってあげますよ」

「ホント？　じゃあ、キャンセルしなくていいのねっ」

「ええ、大丈夫ですよ……たぶん」

魔法付与師としてみっちり三年、いや四年も働けば、夜会用のドレス一枚分くらいにはなるだろう。魔法の世界は実力がすべてだから、女性でも稼げるこの職に就けたことは幸運だった。お陰でお母様の機嫌も直ったことだし。

お母様は、もともとお洒落《しゃれ》で華やかな場が好きだ。朗らかで愛嬌があり、容姿にも恵まれている。パッとしない男爵家から格上の伯爵家に嫁げたのも、お父様に愛されてのことなのだろう。

毎年、流行のドレスを誂え、伯爵夫人として王都の社交シーズンを満喫していたことを思い出す。幼かった私は領地でお留守番だったけれど、どこそこの公爵夫人のお茶会に呼ばれたんだとか、クリームたっぷりのチェリーパイが美味しかったとか、楽しそうに土産話を聞かせてくれたものだ。

そんな人がドレスを新調できずに社交界で嘲笑されたのは、堪え難い屈辱だったはず。辛い境遇の中で唯一の自慢は、侯爵家に嫁いだベティお姉様だったのだから、そりゃ泣きたくもなるってものだ。

その半面、お母様はいつまでたっても体の小さい私のことを恥じているふしがある。私を可愛がってはくれたけれど、あまり表に出したがらなかったから。

いつの間にか王都行きはもちろん、地元のお茶会ですら連れて歩くのはベティお姉様、私は屋敷でお留守番が当たり前になっていた。まさか楽しみにしていたベティお姉様の結婚式でさえ病気を理由に欠席させられるとは、当時思ってもみなかったけれど。

同年代の令息とのお見合いが全滅して、残るは年の離れた男性の後妻かと苦心していたときに『無理して貴族に嫁がせなくても、領内でいい人を探せばいいではないですか』とお父様を説き伏せたのもお母様だった。

もしかしたら家があんなことにならなくても、私を社交界デビューさせるつもりなどなかったのではないかと、今では感じている。

母親から人前に出せないような恥ずかしい娘だと思われていることに、傷つかないわけじゃない。だけど感謝しているのだ。ハリーと結婚できるのは、まぎれもなくお母様のお陰なのだから。

私は、ハリーに贈ったのとは柄違いで作った冷却ハンカチをお母様の瞼《まぶた》に当ててあげた。

これはわざわざ冷たい水に布を浸さずにすむので、泣きはらした瞼を冷やすのに便利だ。今、協会を通じて特許の申請をしてもらっているから、いずれどこかで商品化すれば特許使用料が入るだろうと期待している。

「う……ん、気持ちいいわ」

しばらくしてスーッと寝息を立て始めたので、私は改めてお母様の美しい寝顔を眺めてみた。

ミルクティー色の髪とふっくらとした赤い唇は母娘同じ、違うのはハンカチに隠れた瞳の色だ。お母様とベティお姉様はエメラルドグリーン、私は桔梗みたいな青紫だ。お父様とサイラスが藤のような薄い青紫なので、濃淡はあるが父方の遺伝なのだろう。

光の加減で虹色にきらめくこの瞳だけは、お母様も「キレイね」と褒めてくれたから、飽きずにずっと鏡を覗き込んでいたこともあったっけ。

さて、することもないので、そろそろ部屋に戻ろう。私は音を立てないように立ち上がった。

「眠ったわ……」

隣のクローゼットルームでドレスの手入れをしているお母様の侍女ドーラにそっと声をかけた。

彼女はお母様が男爵令嬢だった頃から、ずっと仕えている。瓶底眼鏡《びんぞこめがね》をかけ、いつも紺《こん》や茶の地味なドレスを着ていて、無口で大人しいけれど忠誠心に厚い働き者だ。幼い頃は身の回りの世話をしてもらっていたので、私にとっては第二の母のような人である。

「それはよろしゅうございました」

ドーラは手を止めてから小さく頭を下げ、ヒソヒソ声で返事をした。

「あとは任せるわね」

手のひらをヒラヒラさせると、小声で「ありがとうございました」と返ってきた。

礼を言われて、なんだか重要任務を成し遂げたあとのような解放感が押し寄せる。いつも無表情で淡々としているせいか、ドーラには妙な威圧感があるのだ。

疲れた……。

私は廊下に出たあと「ふぅ～」と大きなため息を吐いたのだった。

＊＊＊

ベティお姉様がこの屋敷に帰ってきたのは、ハリーが出立してから六日目のことだった。

従者は御者と専属侍女だけ、荷物はトランク一つ、後先考えず勢いで家出しましたと言わんばかりだ。離婚するにしても両家の話し合いのあとだと考えていたので、予想より相当早い到着にびっくりした。

「ここは殺風景なまま、なんにも変わっていないわねぇ」

ベティお姉様は、三年ぶりの我が家をぐるりと見回し不満げに口を尖らせた。

豊満な胸が強調されるタイトなドレスを堂々と着こなし、くびれた腰に手を当てている。首元には大きなダイヤモンドのネックレス。ゴージャスだ。さすが侯爵家の若奥様。纏うオーラが、迫力が違う。使用人たちも結婚前と比べてパワーアップしたベティお姉様に慄《おのの》いている。

マイルズがお父様を呼びに行っている間、私はひとまずグレタにお茶の用意をしてもらい一息入れることにした。

「サイラスの進学もあったし、あんまり屋敷の内装に手をかけていないのよ」

「質素倹約ってわけね。だからってシャノン、その格好《かっこう》はどうなの？　もうちょっとマシなドレスを着なさいよ」

ジロジロと値踏みするような視線を浴びせられ、仕事用のワンピース姿だった私は、すっかり気後れしてしまった。

「こ、これは朝から仕事で、さっき帰ったところだったから……」

咄嗟に言い繕ってみたものの、マシなドレスなんて持っていない。バレるのは時間の問題だ。

「へえ、まだ魔法付与師なんてやっているのね」

「そ、そうなの。結婚後はあまり依頼を受けられなくなるから、今のうちにこなしておこうと思って。勘が鈍《にぶ》ると大変なのよ。ほら、この仕事は討伐用の武器とか防具の依頼が多いでしょう？　少しの加減が戦闘に影響するから気が抜けなくて」

ドレスの話題からそれたので、ここぞとばかりに力説する。

ビスケットに手を伸ばすベティお姉様の指に、ガーネットの指輪がきらめく。以前、結界魔法を付与して渡した物だ。これがあるから護衛もなしに戻ってこようと思ったのか。

「シャノンって、魔法付与の腕はいいものね」

「まだまだ未熟だけど、ベティお姉様に褒められると嬉しいわ」

「その道で稼げるのだから素晴らしいわ。結婚しなくても食べていけるもの」

「そうかしら」

「そうよ。だからお願い、ハリーをわたくしに譲ってちょうだい」

え……今、なんて言ったの？

紅茶のカップに口をつけながら何かのついでみたいに平然と言うので、一瞬、意味がわからなかった。

「ハリーを譲って、シャノン。わたくしたちは、愛し合っているの」

バカみたいにポカンと口を開けて二の句が継げないでいると、ベティお姉様が焦れたように私を真正面から見据えた。

その直後、バタバタと足音を立てて、両親が部屋に駆け込んできた。

「ベティ！　急に離婚だなんて、一体どういうことなんだっ」

「そ、そうよ、きちんと説明してちょうだい？」

二人の慌てた様子を見て、呆《ほう》けていた頭がハッと現実に引き戻される。

ベティお姉様は騒ぎ立てる両親を一瞥《いちべつ》し、紅茶のお代わりを注いでいたグレタに出て行くよう命じてからおもむろに口を開く。

「お義母様の差し金ですよ。彼と結婚してそろそろ三年になるでしょう?」

お母様が「あ……」と腑《ふ》に落ちた表情になった。

平民と違い、この国では原則として貴族の結婚に離婚はない。家と家との結びつきが政治に影響を与えるからだ。複雑に絡み合ったパワーバランスを保つため、婚姻には国王の許可が必要となる。つまり簡単にくっついたり、離れたりするなということだ。

しかし跡継ぎ問題に配慮《はいりょ》して『白い結婚が一年続けば婚姻無効』『三年間、子を授からなければ離婚』が例外として認められている。あとは、相手によほどの瑕疵《かし》がある場合だけだ。

そしてベティお姉様たちには、まだ子がいなかった。

「だとしても、せめてあと数か月は様子を見て……いや、こんなにもあっさり切り捨てるなんて情がなさすぎる」

お父様が苦々しく呻《うめ》いた。

子ができなくても、縁戚や愛人の子を夫婦の養子にして跡を継がせるというのはよく聞く話だ。離婚に発展するなど滅多にあることではない。よっぽど不仲で政略結婚としての価値すらないか……。

ゆえに離縁されたとなると不名誉極まりなく、特に女性は傷モノ扱いだ。

「あのババア、いえ……お義母様に情などあるわけないじゃないですか。あの方は、わたくしのことが最初から気に入らなかったの。息子に甘いから渋々結婚を承諾したけど、いずれ離婚させようと虎視眈々とチャンスを狙っていたのよ。ご丁寧に避妊薬まで盛ってね」

「いくらなんでも、薬まで盛る?」

私が驚愕《きょうがく》すると「あら、高位貴族なんてそんなものよ」とベティお姉様は軽く答えた。

冗談かと思ったが両親もそれについては冷静なので、私の認識が甘いのだろう。普段は優雅な貴族の闇に触れたような気がして、背筋がゾッとなった。

「おまえの夫……アダム殿の意向はどうなんだ。やはり離婚すると？」

「抗ってはいるけど、当主であるお義父様に命じられたらどうなることか。無理やりサインを迫られては堪らないから屋敷を出てきたけど、時間稼ぎにしかならないし……」

「そんな横暴、陛下がお許しになるはずないわっ」

お母様が金切り声で叫べば、ベティお姉様は首を横に振る。

「いいえ、陛下は離婚をお認めになるはずだわ。お義母様が用意した彼の再婚相手は、ヴェハイム帝国の侯爵令嬢なの。持参金にミスリル鉱山の採掘権が含まれているそうよ」

「あ、あのミスリル鉱山の⁉」

「ミ、ミスリル？」

私とお母様は同時に声を上げる。

ミスリルは我が国が喉から手が出るほど欲しがっている希少な金属で、武器や防具のほか、宝飾品に加工され価値がある。魔法と相性がよいことから、国境の防御結界を維持するための媒体としても欠かせない素材だ。

ミスリル製のナイフなんて、目玉が飛び出るほどの値段である。数回しか触ったことはないけれど、あれはいい。どんなに高度な魔法も、スゥーッと入っていくもの。

「それは……我が家に勝ち目はないわね」

お母様が肩を落とす。

「こうなったら、できるだけ好条件で離婚することも視野に入れたほうがいいと思うわ。もらえる物は全部もらって」

「醜聞になるんだぞ」

お父様とて貴族だ。名誉を重んじる。やり切れないのか、眉間に皺を寄せた。

「もう社交場には出られないでしょうね。縁談があったとしてもオジサンの後妻か、愛人か……」

「そんな……ベティ……」

お母様も痛ましげにベティお姉様を見つめている。

しかしミスリル以上に魅力的な条件をハーシェル家が提示できないのも事実。侯爵家を敵に回す前に、身を引いたほうが傷は浅いかもしれない。

「だからね、考えたの。表に出られないなら、ここで過ごせばいいって。ハリーと結婚して、ゆくゆくはサイラスのサポートをするの。お父様、いいでしょう？」

それを今ここで言うのかと衝撃が走った。ベティお姉様は本気なんだ。

両親はさすがに愕然《がくぜん》としている。

「何を言っているの？　ハリーはシャノンの婚約者よっ。ダメよ、絶対にダメ！」

我に返ったお母様が、真っ先に異を唱えてくれた。

「そうだ。もうクリントン家に話を通してハリーの承諾は取れている。二人の婚約は、おまえにも知らせてあっただろう」

続いてお父様もお母様を援護する。

しかしベティお姉様はまったく動じる気配がなく、笑みを浮かべた。

「まだ正式に婚約していないわ。ハリーの承諾だって、わたくしの離婚の話が持ち上がる前のこと。彼はいずれ家令になるのでしょう？　領主の右腕として領内の有力者たちを纏《まと》め、時には辣腕を振るわなくてはならない立場なのよ。みすぼらしいワンピースを着て魔法付与師の仕事しかしてこなかったシャノンより、昔からお母様と一緒に婦人会の茶会に出席していたわたくしのほうが妻として適任だわ」

「ベティが領地にいたのは、貴族学院に入学する前のことじゃない。もう何年経つと思っているの？婦人会の茶会なんて、あなたがしゃしゃり出なくてもサイラスの妻になる人がやることですよ」

負けじとお母様が反論し、お父様も「そうだ」と頷く。

私はといえば、そんなにみすぼらしかったのかと、思わず着ていたワンピースをチェックしてしまった。確かに社交もしたことはないけれど……。

「ベティお姉様、今の私ではハリーにふさわしくないのかもしれないけど、胸を張って隣に立てるように、これから努力するつもりです」

せめて彼と共にありたいのだと伝えたかった。でもベティお姉様は、それで引くような人ではない。

「ひどいわ、シャノン。ハリーはわたくしを選ぶかもしれないのに……。あなたには魔法付与師という立派な仕事があるじゃない。傷モノのわたくしにはもう何もないのよ？　三年前、この家のために侯爵家へ嫁いだの。皆の犠牲になった結末がこれだなんて、あんまりだわ」

凛《りん》とした態度から一転、くしゃりと顔を歪《ゆが》め涙声で弱々しく訴えられれば、誰も何も言えなかった。

部屋全体がシンと静かになる。

まさかベティお姉様が自分を犠牲者だと思っていたなんて！　夫と仲睦まじく暮らしていたのではなかったか。華やかな王都の暮らしを楽しんでいたのではないのか。

幸せなのだと信じて疑いもしなかった。ハリーとはそこまで本気の恋だったの……？

「離婚もしていないうちから、どうこう言っても始まらんだろう。ハリーの気持ちも確認せねばならん。この件は保留だ。まずはファレル侯爵家の出方を待とう」

沈黙を破ったのはお父様だった。投資に失敗し困窮の原因を作った超本人だからか、『犠牲』の一言が相当胸に堪えたようだ。顔が青くなっている。

お母様もすっかり勢いをなくし「そうね」と同意した。

「長旅で疲れただろう。しばらく、ゆっくり休むといい」

「はい。そうさせていただきますわ」

お父様に労われ、ベティお姉様はゆっくりと席を立つ。その後ろ姿からは哀愁が漂っているというのに、やっぱり美しいのだ。

きっとハリーは、ベティお姉様を選ぶだろうな。

彼がお父様に一言「イエス」と告げれば……ああ、考えたくない。


気がついたら自室のベッドで泣いていた。

「大丈夫ですか？　まったくベティお嬢様ったら、あんなことを。冗談にもほどがあります」

グレタが気遣ってくれた。

瞼に当てた冷却ハンカチをずらして彼女を見ると左の眉がわずかに上がり、どこかピリピリしていて怒っているのだとわかる。

そうだ、グレタは聞いていたんだった。ハリーと愛し合っているという、ベティお姉様のあの言葉を――。

ベティお姉様は、よく私をからかって遊んでいたから「ふふふ、冗談よ。本気にした？」なんてオチがついたらよかったのに。でも、そうはならなかった。

「本気みたいよ」

私は再び瞼にハンカチを当てながら言った。

「まさか」

視界が遮《さえぎ》られているぶん、音には敏感になる。グレタの発するたったの三文字の言葉が動揺したようにほんの少し震えていた。

クリントン家も巻き込まれているので、嫁入りするグレタにもかいつまんで事情を話す。

「離婚したら世間体が悪くて、もう王都にいられないでしょ？　だから、ここで暮らしながらサイラスを支えたい、って」

「嘘ですよ。ここでならお姫様でいられるからでしょう。弟が領主で、自分は家令の妻です。好き勝手し放題だからですよ」

「ベティお姉様の場合は、姫じゃなくて女王様ね」

「わかっていらっしゃるではないですか」

「妹だもん。ベティお姉様がチヤホヤされるのが好きなことは知ってる。私やサイラスをからかう癖があって、自分にはそれが許されると思っていることも」

「だったら……」

「そうね。いつもだったらベティお姉様お得意の冗談だと受け流していたかもしれない。だけど、自分のことを『皆の犠牲になった』と言ったのよ。それって恋を諦めて、お金のために嫌々結婚したってことよね。ベティお姉様は、ああ見えて情に厚いところがあるじゃない？　あり得る話だなって思っちゃったわけ」

女王様気質なんだけれども、時々「しょうがないわねぇ」と面倒見のよさを発揮するものだから憎めない。ベティお姉様は、そういうお得な性格なのだ。

「たとえベティお嬢様がハリーさんをお好きだったとしても、ハリーさんは絶対に違うと思いますけどね」

グレタはやけにきっぱりと言う。何も知らないからだ。

「それがそうでもないのよ」

声が裏返り、ぶわっと涙が溢れた。

異変を感じ取ったグレタが「シャノンお嬢様？」と怪訝そうに私の名を呼ぶ。

「実はベティお姉様の嫁入りの日、二人が抱き合って別れを惜しんでいるのを見ちゃったの。ハリーが『泣かないで』って慰めて、恋人同士みたいに……いえ、恋人同士だったんだわ。それなのに婚家で幸せに暮らしているという報告を真に受けて……私ったら愚かよね。ハリーだって、大人だから本音を表に出さなかっただけなのよ」

話しているうちに涙腺が壊れた。次から次へと眦《まなじり》から涙が流れる。

「は？　ハリーさんがベティお嬢様を慰める？　何かの間違いじゃないですか、信じられません」

「本当に、この目で見たんだってば」

「はあ、ともかく旦那様がハリーさんに確認なさるんですよね？」

「うん。でもきっと、もう無理よ」

「簡単に諦めないでくださいよ。あの強烈なベティお嬢様が未来の義姉だなんて胃が痛いです。この忠実な侍女のためにも、もう少し頑張ってください」

「大丈夫よ、適当に褒めれば機嫌がいいから。それでダメなら、精神強化のキャンディを作ってあげる」

「要りませんよ……」

グレタは大きなため息を吐き、ベッドで横になったままグズグズと泣く私の瞼から、涙でぐしょぐしょになった冷却ハンカチを取って新しい物に替えてくれた。

「情けないわね。他人のために作ったハンカチを自分で使う羽目《はめ》になるなんて」

「情けなくなんかないですよ。こんな日もあります」

「そうかしら」

「そうですよ」

もうお休みください、とグレタに髪を撫でられ眠気が襲う。安眠魔法だ……。

「グレタ……ありがと……」

心地よい夢の中へ身をゆだねる瞬間、ベッド脇に飾られたフリージアの花がほわんと甘く香った。

＊＊＊

それから数日は淡々と過ぎた。ファレル侯爵家から音沙汰はなく、ハリーの情報収集がどうなっているのか、お父様は何も教えてくれない。

ただ、ベティお姉様の夫のアダムお義兄様が離婚を回避しようと奮闘中だから、正式な手続きにはもう少し時間を要するのではないか――というのがベティお姉様の侍女アビーの目算である。

私はほとんどベティお姉様と顔を合わせていないので、グレタがそれとなく訊いてきてくれたのだ。頼りになる侍女である。

私はいつも以上に魔法付与師協会の依頼をこなし、わざと忙しくしていた。ベティお姉様とはギクシャクしているし、暇だといろいろ考えてしまうから。

いつまでこんなことが続くのだろう？

そう思っていた矢先、予期せぬ出来事が起きた。ハーシェル家に縁談が舞い込んだのである。

お父様の執務室に呼ばれ、二人きりで話を聞く。

「私に縁談ですか？　ベティお姉様ではなくて」

「ベティは一応、人妻じゃないか。まだ離婚のことは公になっていないはずだ。それにちゃんと『ハーシェル伯爵家のご息女を』と書いてある」

「シャノン・ハーシェルとも書いてないですよ？」

「ハーシェル家の娘は、おまえしかいないだろう」

「それはそうですけど」

ベティお姉様はファレル家の人間だし……。けれど、こちらからの縁談をけんもほろろに断られてきたのに、今さらどこの誰が私をもらってくれるというのだろうか。どうにも腑に落ちない。

「お相手はカイル・エルドン公爵。二十三歳になられる王宮魔法師だ」

「ええっ、公爵家⁉」

世情に疎い私でも知っている大物の名前が飛び出し、ぎょっとした。

エルドン公爵といえば、国内でも数人しかいない特級魔法師だ。素晴らしい魔法の才を持ち、前王弟の孫に当たる高貴な血筋の方である。ただし『冷酷』『変人』と評判が悪い。従軍の際は無慈悲にも凶悪な魔法で敵を屠り、普段は屋敷にこもって魔法研究に明け暮れているため、公の場には滅多に姿を現さないらしい。そのため率先して嫁ごうとする令嬢はおらず、本人も縁談に消極的だったという。

「公爵領にも魔法付与師協会の支部を置きたいとのことだ」

お父様が政略的な理由を挙げるが、それだけなら何も結婚しなくてもいいのでは？　と思う。魔法付与師協会の支部は国内にいくつかあり、増えるたびに政略結婚をしていては娘が何人いても足りないからだ。それに創設者一族として、ハーシェル家当主が代々理事長の座に就いてはいるものの、だからといって特段の利益を得ているわけではない。

「はあ」

間の抜けた返事をする私の困惑を察して、お父様が念を押す。

「この縁談は断れない。ハリーと正式に婚約していればよかったんだがな……すまない」

王家に連なる公爵家と古い家柄だけが取り柄の凡庸《ぼんよう》な伯爵家、身分差は歴然である。正当な理由もないのに断ることなど不可能だ。

「ただ、ベティの離婚を待って再婚する方法もある。あちらの希望はハーシェル伯爵家の娘だからな。シャノンはどうしたい？　まだ誰にもこの縁談のことは知らせていないから、正直な気持ちを聞かせてほしい」

「私、私は……」

逃げ道があると聞かされれば、ぐらりと心が揺らぐ。だがそのとき、ふと『犠牲』の文字が脳裏に浮かんだ。

私が嫁がなければ、またベティお姉様が『犠牲』になるのだ。唇を噛みしめた険しい表情、あの顔をもう一度ハリーにさせてしまう。

それは、できない――。

「私が嫁ぎます」

意を決して、きっぱりと言った。

「いいのか？　おまえはハリーのことが好きだったろう」

お父様が意表を突かれたように目を見開く。

よもや親に自分の恋心がバレているとは思わなかったので気恥ずかしい。

「お父様、ベティお姉様とハリーは愛し合っているんです。ベティお姉様は、もう十分この家のために尽くしてくれました。そろそろ幸せになってもいいのではないですか？　私とて貴族の娘です。政略結婚の一つや二つ、へっちゃらですよ」

早口になりながらも、努めて明るく答えた。

お父様はそんな私を見て困ったような、呆れたような、なんとも言えない複雑な表情になる。

「へっちゃらって……まあいい。当面は正式な婚約は交わさず、行儀見習いとして公爵邸に滞在することになると思うが、それでいいか？」

正式に書面を交わしてしまうと、もし破談になった場合、慰謝料が発生するリスクがある。だから、顔合わせ兼お試し期間を提案してみるということだろう。

「はい」

私は素直に応じた。皆が幸せになれる……これでいいのだ。


とんとん拍子に話は進み、十日後には領地を出発して王都の外れにあるエルドン公爵邸に向かうことになった。

離婚騒ぎの渦中にあるベティお姉様には、あとで報告したほうがいいだろうとのお父様の判断で、私はこっそりと旅支度をしている。

仕事着のワンピースしか持っていないので、慌ててデイドレスを用意したり宝飾品をそろえたり。

お父様には「まさかドレスを一枚も持っていなかったとは……」と驚かれた。毎日のように仕事の依頼を受けていたし、学校では平民に交じって授業を受けていたので、単にドレスを着る機会がないだけだと思っていたそうだ。

離婚の慰謝料を支払う可能性がなくなったからなのか、はたまた伯爵家としての体面を気にしているのか、お父様の財布の紐は緩かった。

ただ、予想外だったのはお母様が猛反対したことだ。

「どうしてシャノンが嫁がなくてはならないのっ。あの子はここで暮らすのが一番幸せなのよ！」

「落ち着きなさい。一体どうしたんだ？」

「よりにもよってあのエルドン公爵家だなんて！　しかも公爵夫人になったら王宮舞踏会の参加は避けられないのよ？　シャノンが恥をかくだけよっ」

お母様は泣き叫び、キッとお父様を睨みつけた。

あまりの取り乱しようにドーラはお手上げ状態、お父様も戸惑っている。

「そ、それに、シャノンがいなくなったら特許の利益はどうなるの？　商品のほとんどがこの子のアイディアなのよ。せっかくベティのお陰で事業を拡大できたのに――」

「もう我が家に借金はないだろう？　特許使用料に頼らなくても商品の売り上げがあれば十分じゃないか」

お父様がお金のことは心配ないと宥めても「でもっ、でもっ……」と興奮して話にならない。

世間体とお金……これが本音なのかと悲しくなった。

「今までの特許は、サイラスに譲渡することにしますから。それならお母様も安心でしょう？」

私の収入源は二つ。協会に依頼された案件の報酬と、温熱下着や冷風扇子など、自分で開発した商品の特許使用料だ。商品の売り上げに応じて、数パーセントの取り分がある。

会計上はハーシェル家の商会からも私個人に支払われていて、それをそっくりそのまま家計にスライドさせていた。もちろん、ほかの商会と契約した利益も。

依頼案件の報酬より特許使用料のほうがはるかに多いから、それはつまり私の稼ぎのほとんどが引き続きハーシェル家の収入になるということだ。

けれど何を言ってもお母様は泣きじゃくっている。仕方がないのでグレタに安眠魔法をかけてもらい、ようやくその場が収まったのだった。

魔法付与師協会にも、領地を出て行くことを届け出なくてはならない。

しばらく休業することになる。王都に支部があるので、いずれ再開できるといいのだけれど。

「王都ですか。ずいぶんと急ですね。シャノン様がいなくなると寂しくなります」

事務室長のウォルターさんが、わざわざ室長室に招き入れお茶を出してくれた。

彼は私がハーシェル家の娘だと知っていて、ずっと私の案件の事務処理を担当している。室長直々にだなんて恐れ多いが、伯爵家の金銭に関係することだからということらしい。

「できれば王都でも続けたいのですけど、まだどうなるかわからなくて」

「シャノン様を指名するお得意様たちは残念がるでしょうね。王都まで押しかけるかもしれません」

「そんな大袈裟な。腕のいい魔法付与師は大勢います。私なんか、すぐに忘れられてしまいますよ」

「またまた、ご謙遜《けんそん》を。シャノン様の指名が一番多いって、ご存じでした？」

知らなかった！　それだけ私の魔法付与の腕を認めてくれる人たちがいたんだと思うと顔がほころ

ぶ。思えば、ウォルターさんはじめ協会職員たちの細やかなフォローに支えられて、今まで大きなトラブルもなくやってこられた。

貴族の娘が労働するなんて、と渋い顔をしていたお母様を『シャノン様は名誉会員なのです。ハーシェル家が設立された協会で、ご息女自ら活動なさることは不名誉には当たりません』と説得してくれたのは、本部長とウォルターさん。

『てっきりネルシュ国かピチュメ王国あたりに親戚がいるんだと思ってた。貴族はともかく、庶民は背丈なんて気にしちゃいないわ。あたしはヴェハイム帝国の帝都に行ったことがあるけど、さまざまな国からの往来があるせいか、いろいろな人がいたわ。背が高い人も低い人も、碧眼も黒目も金髪も黒髪もごちゃ混ぜ状態よ』

そう言って、小さい体を気にする私の視野がいかに狭いのかを教えてくれたのは、受付業務のお姉さんやお得意様の武器屋の店主たちだった。

私は子が産めないかもしれない貴族令嬢という窮屈な枠にはめられることなく、手足を伸ばしてありのままの自分でいられたことに感謝している。

「ありがとうございます。私、絶対にまた復帰します！」

それから私は、特許譲渡の手続きをウォルターさんに頼んで協会をあとにした。


料理人ミックの膝のために治癒キャンディを作ったり、購入したアクセサリーに魔法を付与したり、荷物の中にアイディアノートを忘れずに入れたり……着々と準備を進める私に恨みがましい視線を向ける人物がいる。グレタだ。

「シャノンお嬢様、このまま王都へ行って本当に後悔しませんか？　旦那様も旦那様ですっ。ハリーさんに確認するとおっしゃっていたのに、早々に縁談をお決めになるなんて！」

荷づくりの手が止まり、ワナワナと肩を震わせている。こんなにすごい剣幕のグレタを見るのは初めてのことで、意外な一面もあるのだなと逆にこちらは冷静でいられた。

「仕方ないわよ。あちらは公爵だもん、断れないって」

「何を呑気《のんき》な。ハリーさんのこと、好きじゃないんですか？」

「好きよ。でもハリーはベティお姉様のことが好き。だったら私が嫁がなきゃ」

「相手の気持ちを確かめもしないで……」

「意味ないわよ。『私はあなたが好きだけど、あなたは私をどう思う？』なんて尋ねたところで、ハリーに答えられる？　家令の息子よ、お父様には逆らえない。それに今、ハーシェル家の娘は私だけ。そうでしょ？」

グレタが、ぐぬぬっと言葉に詰まった。ぎゅっと握りしめていた拳《こぶし》から、徐々に力が抜けていく。

「そう……です。はぁ～、しょうがないですね。シャノンお嬢様をこんな気持ちにさせたハリーさんが悪い。そういえば、どこが好きだったんです？　やっぱり顔ですか？」

顔って……！　いや、顔も好きだけれども。

「……言わなかったのよ。彼だけは『チビ』だとか『小さい』とか一度だって言わなかったの」

これまでにジミーやティム、学校のクラスメイト……いろんな人に小柄なことをからかわれてきたけれど、はじめからすんなり受け入れられたわけじゃなかった。

気にするほどのことではないと知ってはいても、両親から刷り込まれたこの国の貴族の価値観が邪魔をして、容姿のことを言われるたびに少しずつ心がすり減っていった。

身分を笠に着れば、やめさせることは簡単。でもそれをすれば、彼らと深い溝が生じて距離が遠くなる。気さくなやり取りができなくなるのは嫌だった。

自分の意識を変えたい――。

私の気持ちを察して力づけてくれたのは、いつもハリーだった。

『皆、シャノン様のことが大好きなんですよ』と。

『ハリーも？』と問えば『もちろん、大好きです』と答える。

こんな他愛ない会話に何度も救われてきた。たとえ彼の言葉に恋心がないとしても……。

「それで、気づいたら好きになってたわけ」

「はぁ～、あのヘタレは……いえ、なんでもございません。こうなったら、私も一緒に王都へ行きます。シャノンお嬢様の幸せを見届けないことには、安眠できそうにありませんから」

グレタは何か吹っ切れたように荷づくりを再開し、次から次へとトランクにハンカチやら下着やらを放り込んでいく。

よくわからないけれど「安眠魔法は、自分には効かないの？」とは訊かないでおこう。

「それはいいけど、ジミーはどうするの？　討伐の帰りを待たなくていいの？」

「なんとかなるんじゃないですか」

結局、出発前日にジミーが帰還し「グレタとお嬢が王都へ行くなら、オレも行くっす！」と急遽《きゅうきょ》、護衛として加わることになった。


出立の朝。

家族に見送られ、今度は忘れずに浮遊魔法を付与しておいた馬車は軽やかに快走する。ビュン、と風を切って進むと、御者のティムが「うひょ～」と叫んだ。

馬車に揺られながら、グレタの膝枕でジミーがぐうぐう眠っている。

あなたは護衛でしょ？　と思わなくもないが、昨日討伐から帰ったばかりだ。何かあったら起こせばいいやと無視を決め込んだ。

「どうせ保護やら防御やら、馬車に魔法を付与しているんでしょ？　大丈夫っすよ。いざというときのためにも、寝て体調を整えないと」

本人もそう言っていたことだし。しかし、失恋で傷心している私の目の前でイチャイチャするなんて、この二人の忠誠心は一体どうなっているのだ。

唯一の救いは、「恐れ多いことながら、私はシャノンお嬢様が息子と結ばれることを楽しみにしておりましたので残念でなりません」とマイルズに惜しまれたことだろうか。

お母様は最後まで反対の立場を崩さず、見送りにも出てこなかった。

ベティお姉様は、直前に聞いた寝耳に水の私の縁談に「嘘でしょ……わたくしは……」と驚愕のあまり言葉にならず。

「ベティお姉様、ハリーとお幸せに」

それが別れだった。特別な言葉を期待したわけではないけれど、せめて「気をつけてね」の一言があってもよかったのではないかと落胆した。

王都までは馬車で六日だ。スムーズに移動できる整備された道だからこの日数。道が悪ければ、あと二、三日かかる距離かもしれない。

街道沿いには、魔物討伐の志願者を当て込んだ宿や旅人向けの食堂があちこちに点在していて賑わっている。特産のチーズや果物を売る店まであり、ちょっとした観光気分だ。

「心配することなかったんだわ……」

サイラスの王都行きの際に、崖から落ちたら大変だなんて大騒ぎしていた無知な自分が恥ずかしい。

よくよく考えれば、両親も年に一度は貴族会議と社交のため、王都の屋敷《タウンハウス》に滞在している。

なぜ危険だと信じ込んでいたのだろう？　一度疑問を感じてしまうと、胸がざわざわと落ち着かなくなる。


――この領地の外は、すっごく危ないの。わかった？


不意に叱責するような甲高い声が頭の中に響いた。その刹那《せつな》、パチンと弾けるような感覚とともに記憶の蓋が開く。

ああ、そうだ。

きっかけは、お母様の言葉。吊り上がったエメラルドの瞳だった。

『お母様、今年は私も王都へ行きたいです』

幼い頃は、私もよく王都行きをせがんだものだ。だけど答えはいつも同じ。

『シャノンには、まだ無理よ』

『もう八歳です。ベティお姉様が、王宮のティーパーティーに参加した年です』

『今年はダメ。来年にしましょう』

『嫌ですぅ、去年もお母様は同じことをおっしゃってました』

半べそになりながら、ぷうと頰を膨《ふく》らませて抗議する。

ベティお姉様が、第二王子殿下の婚約者候補選定の茶会に招待されたので羨ましかったのだ。

『あのね、王都へ行くまでには危険がいっぱいなの。あなたは小さいから、すぐに食べられちゃうわ。

パクッと魔物に丸呑みにされてもいいの？』

『でも、ベティお姉様は連れて行ってもらえるのに……』

『ベティは雷撃魔法が使えるの。攻撃魔法が使えないシャノンは自分の身を守れないでしょう？　この領地の外は、すっごく危ないの。わかった？』

『は……い』

『わかったら、サイラスと一緒にちゃんとお留守番しているのよ』

同じ攻防が翌年も繰り返され、お母様に『身の危険を冒してまで王都へ行きたいのか』と激昂《げきこう》されれば、自分がとても悪い子になった気がした。親の機嫌を損ねて嫌われたくないから口を噤んだ。そして諦めてしまった。

あとでハリーやティムに心配いらないと諭されても半信半疑になるほど、いつの間にか王都は危険だという考えが染みついていて……。

だけどこうして一歩踏み出してみれば、物騒なはずの領地の外は、拍子抜けするほど平和だ。

馬車と宿で十分な睡眠を取ったジミーは、翌日にはすっかり元気になった。

荷物と馬車を軽くしすぎたのか、浮遊魔法の発動条件を少し緩めたのがいけなかったのか、軽快なスピードで車窓の景色が流れていく。

「ひゃっほ～！」

「わっはっは、痛快ですなぁ～」

終いにはジミーが御者席に座り、ティムの隣で手綱を取る始末だった。

お母様の実家が軍馬育成に力を入れている関係で、我が家のこの馬車にも勇猛果敢な二頭の黒鹿毛の馬が繋がれている。

途中、疲れただろうと回復魔法を付与したリンゴを食べさせてやれば、まあ、勢いよく走ること走ること……。

「ジミーって、馬車も御せるのね」

「護衛中の襲撃で御者が負傷する可能性もあるので、習ったみたいです。こんなにスピードを出す人だとは知りませんでしたけど」

グレタは悪ノリする婚約者の意外な一面を知って、顔を引きつらせている。

確かにちょっと……いや、かなり暴走気味だ。強化や保護の魔法のお陰で車体はびくともしないが、ふわふわと上下に揺れている。やはり浮遊魔法の効果が強すぎたか。

今はまだ道が空いていたとしても、王都が近づくにつれ馬車の往来も増えていくだろう。事故を起こさないように、あとでこっそり調整し直そう。そうしよう。

ボガレルは王都から一番近い宿場街だ。

猛スピードで馬車を走らせたせいで、六日かかるところを四日でたどり着いてしまった。まだ昼なので、夕刻には目的地に到着できそうだ。

私たちは大衆食堂『つむぎ亭』で腹ごしらえをしながら、このあとどうすべきか話し合った。

「お嬢、どうします？　王都観光でもしてから、公爵邸に行きますか」

ジミーは慣れた仕草で、甘じょっぱいタレのかかった鶏の串焼きにかぶりつく。

「いいわねぇ」

私も見よう見まねで、ガブッと大きな口を開けた。領地でもずっと身分を隠して仕事をしていたので、市井に紛れるのはお手のものだ。

「それよりもサイラス様にご挨拶《あいさつ》するべきでは？」

グレタが侍女らしい真っ当な提案をした。彼女は、じゃがいもがたっぷり入ったシチューを上品に口に運ぶ。きっと私よりも令嬢らしく見えていると思う。

「それもいいわね」

弟に会いたい。でも屋敷には、情報収集のため先に王都入りしたハリーがいるはずだ。破談になったあとだけに、どんな顔で会えばいいのか。平気なふりして会話を交わす元気があるかどうか……自信がない。

「あー、それは無理です。くれぐれも寄り道はしないよう旦那様にきつく命じられておりますんで。『王都でウロチョロせず、まっすぐ公爵邸へ向かえ』と。それに公爵邸は王都の外れなので、ハーシェル家のお屋敷より先に到着しますよ」

まだクビになりたくないと、ティムがぐびっとエールを煽りながら言う。

「えー、じゃあ、寄り道するならここでしろってこと？」

「シャノンお嬢様、そういう意味ではないと思いますけど」

「ここは王都より宿泊料が安いんで、あえてここに宿を取る貴人もいるんです。近くに湖もあるのでけっこう楽しめますよ」

「貴族も皆が皆、王都に屋敷を持ってるわけじゃないっすからね。社交シーズンになると王都はどこも満員だから、こういう場所が落ち着くって人もいるっす」

湖にはボート乗り場があり、穴場だという。

「へえ～、これから湖に行ってみましょうよ。一泊して明日ゆっくり王都に入ればいいわ」

「そうですね、さすがにその平民用のワンピースはいただけません。明日、念入りに身支度してからにしましょう」

　私が乗り気になったところにグレタが賛成したのが決め手となって、ボガレルの街をぶらぶらしてから出立することになった。

　それはいいのだけれど――。

「よく考えたら、こうなるのよねぇ」

　池に浮かぶ二人乗りのボートは、デート中のカップルか親子連ればかり。当然、グレタはジミーと乗るから、私のボートはティムが漕いでいる。

　レースの日傘を差す楚々とした色白美人のグレタに見惚れて、デレデレしているジミー。完全に二人の世界だ。湖面に光が反射して、キラキラとまぶしい。

　片やいい年したオジサンと二人きりでボートに乗る私は……愛人っぽい？

　小さなため息を吐いて、ティムに視線を移すと目が合ってしまった。オールを漕ぐ手を止め、ははーんと意味ありげな顔をされる。

「大丈夫ですよ。親子連れにしか見えませんから」

「どうせ、お子ちゃまだって言いたいんでしょ」

　ぷいとそっぽを向く。

　ティムが「わっはっは」と小気味よく笑った。

＊＊＊

　よく晴れた昼下がり、私たちはエルドン公爵邸に到着した。

黒い重厚な門の奥には、歴史を感じさせるレンガ造りの大邸宅があり圧倒される。しかもこちらはカイル様が現在住んでいる別邸で、王宮に近い一等地にも屋敷があるというのだから驚く。これが領地にある本邸ともなると、その規模は想像もつかない。

私は朝からグレタに髪を結ってもらい、薄ピンクのドレスを着ている。数年ぶりの貴族女性らしい装いだ。化粧もしているので、たぶん、それなりにきちんとしていると思う。けれど我が家との格の違いに、臆《おく》してはならないのだと己を奮い立たせても緊張で足が震えた。

「シャノン……様ですか。あの、いえ、てっきり長女のベティ様がいらっしゃると思っていたものですから」

家の管理を任されているという若い執事に取り次ぎを頼むと、あからさまに動揺し落胆した表情を浮かべている。

私と公爵との縁談なんておかしいと思った。やっぱり何か行き違いがあったのだ。腑に落ちるとともに、ここまで露骨《ろこつ》な態度をされると我ながら情けない気持ちになる。だが、しっかりしなくては。

「姉は既婚です。ハーシェル家の未婚女性は私だけですので」

「えっ、離婚したのでは？　あっ、いやその……しかし、さすがに未成年の子どもに結婚は無理なのでは……」

「わ、私は、十八歳です！」

「ええっ！」

子どもに間違えられた羞恥と怒りで、かあっと顔が熱くなる。冷静に対処しようと決めていたのにできなかった。

それにしても、さすが公爵家。もうベティお姉様の離婚の話が耳に入っている。噂の出どころは、アダムお義兄様を再婚させたがっているファレル侯爵夫人くらいしか思いつかないけれど……。

ほかの誰かに先を越される前に、早々に求婚状を送ったのだろう。もしかしてカイル様がこれまで婚約者もなく独身を貫いていたのも、ベティお姉様に対する想いから？　二人に接点はないはずだが、ベティお姉様の美貌ならあり得ない話ではない。

いずれにせよ、この失礼な執事と交渉してもややこしくなる予感しかしない。さっきから傍《そば》で大人しく控えているグレタとジミーから、凍てつくような殺気が洩れているのだもの。

「閣下と直接お話しします。お取り次ぎを」

「そ、それが、カイル様は魔物討伐に随行しているため不在でして。ここは出直していただ……イテッ……」

執事が無礼を重ねようとした矢先に、後ろから白髪交じりの金髪の年配女性がツツツと足早に近寄り頭を小突く。そして深々と頭を下げた。

「申し訳ございません。私は侍女長のジェナと申します。当家の執事が失礼いたしました。仕えて間もない新参者のため、どうか平にご容赦くださいませ」

「だ、だけど、ジェナさん、こちらの希望は……グヘッ」

執事は、ジェナに足を踏みつけられている。

「カイル様の客人を追い返すなど言語道断！　エルドン公爵家の名に泥《どろ》を塗りたいのですか」

おまえが勝手に判断するなとばかりに、ジェナは声を潜めて執事を咎めた。

どうやら侍女長ジェナのほうが、力関係は上のようだ。きびきびとした話し方には品がある。ピンと伸びた背筋やお辞儀の所作を見ても、貴族なのだと推測できた。

「すぐに客間へご案内します。どうぞこちらへ」

ジェナに先導されながら、あの執事はロイドという名だと教えてもらった。もともと王宮の下級魔法師だったが、カイル様を慕《した》ってこの家に仕えるようになったのだとか。

侍女長のジェナは公爵家の最古参で、三年前、先代公爵の死去に伴いカイル様が家督を継いだのを機に、領地の本邸からこの王都に移ってきたそうだ。

屋敷はがらんとしていて活気がない。

使用人はジェナとロイド、料理人だけだという。この広い邸宅を維持管理するには少なすぎるが、三人とも生活魔法が使えるので事足りるらしい。カイル様は煩《わずら》わしいのがお嫌いとのことで、魔法研究に没頭できる静かな環境を優先した結果だそうだ。

「ここは王弟でいらした先々代が公爵に叙された際、王家より譲られた離宮なのですよ。カイル様は社交がお嫌いなので滅多にお客様もいらっしゃいませんし、ご本人も年に二回は魔物討伐の遠征に向かわれます。もはや静かを通り越して、侘《わび》しいという表現が適切なのかもしれませんね」

「あの、今も討伐でご不在なのですよね？」

「はい。あと二、三日でお戻りになるかと思いますので、それまでごゆるりとお寛《くつろ》ぎください」

カイル様はジミーと同じ王家の討伐隊に参加していたので同時期に帰路についているはずなのだが、どうやら馬車を飛ばしすぎて、私たちのほうが早く到着してしまったらしい。

案内されたのは、青バラをあしらった壁紙の素敵なお部屋だった。本棚や手紙を書くための机など年代物の調度が丁寧に手入れされ、大切に受け継がれてきたのだとわかる。暖炉《だんろ》を囲むようにソファセットが配置されていた。

「ありがとうございます、ジェナ様」

「使用人に敬称は不要でございます。どうぞジェナと呼び捨てになさってください」

ぴしゃりと指摘され、やはり折り目正しい人なのだと感心する。

「ありがとう、ジェナ。先程は助かりました」

「当家の不手際ですので、当然のことです」

ジェナの表情が和らぐ。ロイドはともかく、彼女からは嫌われていないらしい。

「では教えてください。閣下は、私との結婚を望むでしょうか？」

不意打ちで質問するとジェナから笑みが消えた。私の顔をじっと見つめ、逡巡《しゅんじゅん》ののちにゆっくりと答える。

「決して望まないでしょう。カイル様はベティ様に興味をお持ちでしたから。ですがシャノン様がこちらにいらっしゃる間は、不自由のないよう努めさせていただきます」

頭を下げ、退室していく。

私は憂鬱《ゆううつ》な気分で、その後ろ姿を見送った。


ティムは、役目を終えたからとハーシェル家のタウンハウスへ行ってしまった。

私とグレタ、ジミーの三人は、荷解きを手早く終わらせたあと、料理人が運んできたレモンパイを食べながら小腹を満たす。

「はあ、やっぱり閣下もベティお姉様みたいなボンキュッボンがいいんですって。困っちゃったわ」

このままでは、私は返却されてしまう。

「困ることなんてあります？　ベティお嬢様が離婚になったら、こちらに嫁入りするということでしょう。ハリーさんと復縁できるじゃないですか」

「ベティお姉様を犠牲にできないわ！　閣下がお戻りになったら、なんとかして誘惑しなければ」

「ぶっ！」

ジミーが紅茶を吹いた。

グレタが素早く浄化魔法《クリーン》でキレイにする。そして何事もなかったかのような顔でレモンパイを一切れ口に入れた。

「ゆ、誘惑って……無理じゃないっすか。ボンキュッボンとチビじゃ、全然タイプが違いますもん」

「私もそう思います」

婚約者同士なだけあって、意見が合うこと。けれど諦めるわけにはいかない。

「だって『冷酷』『変人』と噂の方なのよ？　まともに説得したって聞いてもらえるかどうか」

「い、いや、誘惑するより可能性があるんじゃないっすか？」

「私もそう思います」

二対一で意見が分かれた。どうしようか。

そもそもカイル様のことを知らなさすぎるのだ。私だって社交界では『醜い』『引きこもり』と散々な評価なのだし、噂を鵜呑《うの》みにするのは危険かもしれない。

「閣下とお会いする前に、どんな人柄なのか尋ねてみようかしら」

「あの失礼なロイドとかいう執事にですか？」

グレタの眉が吊り上がり、ジミーの目つきも鋭くなる。

「うん、ほかの二人にも。近くで仕えているんだから、一番よく知っているはずだもの。どちらにしても判断材料がなくては何も決められないわ」

「ん、まあ、情報収集は敵を討ち取るのに必要なことっす」

「そうですね」

やっと三人の意見が合った。いや、別に敵を討ち取るわけじゃないのだけれど。

とにかくカイル様の情報を集めようと、まずは比較的好意的だったジェナと話すことにした。刺繍がしたいので王都で流行《はや》りの意匠を教えてほしいと口実を作り、部屋に呼ぶことに成功したまではよかったのだが。

「先程は余計な差し出口をいたしました。申し訳ございません。カイル様のお考えは、私ごときに知りようもないことです」

平謝りされてしまった。それに口が堅く、いろいろ質問をしても必要最小限のことしか答えない。伊達に侍女長を任されているわけではなかった。

彼女と話してわかったことは、噂されているほどカイル様が冷酷な人ではないこと。そして我が家に求婚状を送ったのは、討伐の出立前にカイル様から一任されたロイドだということだけだった。

ロイドからしてみれば自分のミスで私がこの屋敷に来てしまったのだから、あの狼狽《ろうばい》ぶりにも納得がいく。

「ハーシェル家はピチュメ王国の血を引いているのでしょうか？　過去にどなたか嫁してこられたのですか」

「いいえ。母方にも外国の血は入っていなかったはずです。ですので、私の体格に血筋は関係ありません。もし跡継ぎを懸念されるようであれば――」

「いいえ、そうではありません。もしやと思っただけですので、お気になさらないでください」

気にするなと言うわりには、年はいくつだとか王都へ来るのは初めてなのかとか、逆に質問攻めにされてたじたじになる。こちらは防戦一方だ。

それから刺繍の話に戻り、私物のハンカチを広げて見せてくれた。

「婚約者に差し上げるハンカチは、王都でもイニシャル入りが定番でございます。ワンポイントではなく全体に刺すのなら、動物をモチーフにするより花柄がいいかもしれません。白地に白糸というふうに、同系色を組み合わせるのが最近の流行でございます。こんなふうに」

ジェナの白いハンカチには、美しい白バラの刺繍が規則的に並んでいる。洗練されていて、ハリーの誕生日に贈った赤竜のハンカチが、とたんに田舎くさく感じてしまう。こういうハイセンスな柄にすればよかった。もう遅いけれども。

一方で頭の端っこでは、洒落たデザインなら冷却・温熱のハンカチを商品化しても売れるのではないかという計算が働く。

年齢のせいか目が疲れるので刺繍はしないというジェナに、もしよかったらと予備の冷却ハンカチを渡した。

「冷却効果を付与してあるので、瞼に載せるといいですよ。スッキリしますから」

「冷却ハンカチですか？　初めて見ました」

「個人的に作ったんです。私は魔法付与師なので」

「ハーシェル家の温熱下着と冷風扇子は有名ですね。私も愛用しております。ここ数年、ご婦人たちの必需品となっていて……。そうですか、これらはシャノン様がお作りになったのですね」

「はい。私にできるのは魔法の付与だけなので、自慢できるほどのことではないのですが……」

特級魔法師のカイル様と比べたら月とスッポンだ。しかしジェナは青い瞳をキラキラさせて魔法の話題に食いついてきた。

「いいえ、素晴らしい才能です。カイル様に女性下着の温熱付与などという発想は皆無ですもの」

そうおだてられれば悪い気はしない。私は追加で温熱ハンカチと、旅のお供に持ってきた回復キャンディをプレゼントしたのだった。

翌日、ロイドにも話を聞いてみようとグレタとジミーを連れて探し回っていたところ、結界に触れてしまったらしく、慌てた様子で目的の人が走ってきた。

「ああ、びっくりさせないでくださいよ。泥棒かと思った！」

カイル様の執務室がある区画には結界魔法がかけられており、異常があるとわかるようになっているらしい。

「仕方ないじゃないですか、説明されていないのだもの」

「屋敷の案内がまだでしたね。すみませんでした」

私が反論するとロイドが、このまま邸内を案内してくれることになった。チャンス到来だ。

あれからジェナにこってり絞られたのか、ロイドはむすっと不貞腐《ふてくさ》れた顔をしつつも、どこかしょげたようにトボトボと歩いている。

グレタとジミーは顔を見合わせ肩をすくめていた。

「もとは王宮魔法師なんですってね」

ロイドはひょろっとしていてジミーより背が高い。歩きながら話そうとすると不自然な角度で見上げねばならず首が疲れそうだ。

「はい、五級なんで大したことないですけど」

「そんなことないわ。少なくとも攻撃と防御、両方の魔法が使えるということでしょう？　私は魔法付与しかできないから羨ましいわ」

王宮魔法師は討伐隊に随行して魔の森に結界を張ったり、怪我を治したり、必要に応じて前線で攻撃魔法を放ったりするので、光属性のほかに別の属性を持っていることが必須とされている。ただし、難易度の高い治癒魔法が使える場合には、それだけで一級が授けられるらしい。

「討伐には即戦力が求められますからね。兵士たちの間でも武器や防具の魔法付与は外注して、自身は攻撃魔法の腕を磨《みが》くという者が圧倒的に多いんです。シャノン様はハーシェル家のご息女ですから、当然、魔法付与師協会をご存じですよね？」

「ええ、実は私も会員なの」

「へえ……得意分野はなんですか？　防具の防御魔法付与ですか、それとも武器の強化？」

ロイドが興味を持ってくれたようだ。昨日のジェナも魔法の話題に食いついてきたので、もしやと思ったのだ。よしっ！　と心の中でガッツポーズを取った。

「なんでもやるわよ。武器と防具の強化の依頼が一番多いけど、剣に火炎魔法や雷撃を付与したりもするし、孤児院に回復魔法を付与したキャンディを持っていったり、荷馬車の軽量化もするわ」

「え？　雷撃に火炎に回復、軽量化……一体いくつ属性をお持ちなんですか？」

強化と回復は光属性で、軽量化は闇属性だ。火炎と雷を含めると、四つ挙げたことになる。

「全部だけど……」

「全部ですか！　それはすごい」

「でも付与しかできないのよ。せめて生活魔法の浄化《クリーン》が使えたら便利なのだけど」

魔法の適性に個人差があるとはいえ普通は多くても四つか五つなので、全属性持ちはめずらしい。でも魔法付与しかできないのは欠点だから、特に優れているわけではないと思う。

「いえいえ、カイル様でさえ全属性はお持ちではありませんから。それに最近、カイル様も魔法付与に興味があるらしいのです。あの魔法水筒を愛用していて、その考案者であるベティ様との縁談ならとお受けになったのですから」

「えっ？」

「ええっ！」

「なんすかそれ？」

ロイドの説明に、私とグレタ、ジミーは同時に驚きの声を上げた。

『あの魔法水筒』がハーシェル家が売り出した『あの魔法水筒』のことだとすれば、考案者は私だ。

魔法水筒は水魔法を付与した水筒で、常に一定の水が溜まるようになっている。遠征を控えたお得意様の『水魔法が使えないから、いざってとき、飲み水の確保に困るんだよねぇ』という一言がきっかけで作った。なのに、なぜベティお姉様の名前が出てくるのだろう。

「あれ？　空にならない魔法の水筒って、ハーシェル家の商品ですよね？　常にお湯が沸いている魔法ポットとか、いろんなバリエーションがあって貴族のお茶会でも定番の」

ロイドは私たちの驚きっぷりに逆に目を丸くする。

「魔法水筒はうちの商品ですけど……あ、あの、もしかして社交界では、姉が開発したという噂が出回っているの？」

「えっ、違うんですか？　私は子爵家の次男で、ベティ様とは貴族学院の同学年だったんですが、留学生の令嬢がベティ様の魔法は素晴らしいと絶賛していましたよ。それからずっと新商品が出るたびに社交界で話題になっていましたから、てっきり――」

留学生……あの最初の温熱下着を大量発注してくれた帝国の貴族令嬢か。それからずっと、ということは、私の開発商品はすべてベティお姉様が作ったことになっているのでは？

次の瞬間、ぐわんと視界が歪んで床に膝を突いてしまった。家のために一生懸命やってきたことをなかったことにされたみたいで、すごくショックだ。ハハ……と乾いた笑い声が口から漏れた。

「シャノンお嬢様？　大丈夫ですか」

「お嬢！」

情報収集どころではなくなってしまった。

ジミーに抱えられて部屋に戻る。

「ベティお嬢様に抗議しましょう！」

グレタはそう言ってくれたけど、私は黙って首を横に振った。

「なぜですかっ？」

「社交界の噂をお父様とお母様が知らないはずないわ。黙認しているのよ」

その事実が何よりも悲しかった。

＊＊＊

その晩、カイル様が討伐から戻った。留守の間に溜まった執務を片づけるために忙しいらしく、翌日の晩餐の席で初めて顔を合わせることになったのだが――。

事情はロイドとジェナから報告されているのだろう。カイル様は私が食堂に現れても驚きもせず、静かに子羊のローストにナイフを入れていた。歓迎されているとは到底感じられない殺伐とした雰囲《ふんい》気《き》を漂わせて。

私も無言でパンを口に入れる。胃がキリキリと痛い。

「さて、シャノン・ハーシェル伯爵令嬢」

「はい、閣下」

カイル様は粗方食べ終わり、ようやく私に声をかけた。ワインを口に含みながら、じっとこちらを見ている。

私と同じ青紫の瞳に、少し親近感が湧《わ》く。けれどもその視線は冷たい。銀の長髪を一つに束ね、ワイングラスを持つ指は長く繊細だ。理知的な印象だが整った顔立ちなので、愛想よく笑えば、すぐさま『冷酷』などという悪評は払拭されて、令嬢たちの人気者になるだろうに。

私はほとんど料理に手をつけられないまま、蛇《へび》に睨まれた蛙《かえる》のように身じろぎ一つできなくなった。

「そのような堅苦しい呼び方は好かない。カイルでいい」

「ではカイル様、私のこともシャノンとお呼びください」

名前で呼べだなんて、意外と気さくな性格なのでは？　と一気に期待が高まる。

しかしカイル様は私を観察し終え、一つの結論を導き出したかのように視線を外した。

「社交界デビューしない引きこもり……か、なるほどね。シャノン嬢、悪いが君とは結婚できない」

予想していたこととはいえ、実際に言葉にされるとさすがに傷つく。私がハーシェル家の商品を開発した魔法付与師であることは、ジェナから聞いているはず。それでもベティお姉様を選ぶなんて。

「やはりカイル様も、姉のようなボンキュッボンがお好みなのですね」

きっと魔法付与に興味があるなんて建前なのだ。所詮、男の人は美女が好き。

さて、どうしよう？　今さら自分の美醜は変えられない。どうして世の中には、ボンキュッボン美女になる魔法が存在しないのだろう。この際、魅了付与の眼鏡でも作ってみようか。特級魔法師に効果があるのかどうかは、甚《はなは》だ疑問だけれど。

「違う」

落ち着きのある低い声が響く。

違うもんか、とカチンとくる。王族の血筋だか公爵だか知らないが、破談になればこちらは傷モノになるというのに、あっさり断ってくれちゃって相手に対する配慮がまるで感じられない。

第一そんなにベティお姉様がよかったのなら、離婚を確認してから申し込むか求婚状に名前を書くべきではないのか。

「ならば私を選んでください。公爵領に魔法付与師協会の支部を設置したいとお聞きしました。私は名誉会員です。不都合はないはずです」

カイル様のすまし顔に向かって毅然と言い放った。

「すまないが、それはできない」

「やっぱり、ボンキュッボンが……」

「違う」

「誤魔化さなくてもいいのです。カイル様も男なのですから、恥ずかしがることはありません」

「断じて違う！　そもそもベティ夫人とは会ったこともないっ」

カイル様の顔が赤くなる。意外と初心《うぶ》な人なのかもしれない。

ところで、ベティお姉様と会ったことがないというのはどういうことだろう。もしかして交渉の余地があるのだろうか。

「お飾りでもかまいません。このまま家に帰されれば、私は傷モノになります。求婚状に不備があったのはそちらのミスです。責任を取ってください」

我ながらよくこんな強気な発言ができるな、と感心するけれど、感情も込めずに「すまない」なん

て棒読みで謝られるとイライラが増す。怒りの原動力ってすごいわ。

「なっ……！」

青い顔で声を上げたのは食堂の隅で控えているロイドだった。

その隣のジェナは平然としている。

カイル様は無表情のまま、ひゅっと喉を鳴らした。『傷モノ』『責任』に動揺したのは明らかだ。このまま押し切ろうか。

「き、求婚状は私のミスで、カイル様は関係な……イテッ……」

主人の許可も得ずに発言し始めたロイドの足をジェナが踏みつけた。

カイル様が「しばらく二人にしてくれ」と人払いすると、ロイドはジェナに引っ張られるように食堂を出て行った。

足音が遠ざかり、静けさが満ちる。その短い間にカイル様は落ち着きを取り戻していた。

「申し訳ない、こちらが軽率だった。エルドン公爵家の名に懸《か》けて、シャノン嬢の名誉に傷がつかないよう取り計らうと誓おう。慰謝料も支払う。だが君とは、どうしても結婚できないんだ」

「そこまで姉を愛している……というわけではなさそうですね。会ったことがないのですから。カイル様、これは一体どういうことなんですか？　突然、我が家に求婚状が届いたんです。こちらからお断りできないことは、カイル様もご承知だったはず。私は内定していた婚約を取りやめて、ここへ参りました。納得のいく説明をしてください」

カイル様は、私が破談になったことを知るや否や「ああ……すまない」と項垂れてしまった。

「そうだな、シャノン嬢には説明すべきだろう。魔法付与師協会云々は建前だ。実は、ファレル侯爵夫人からベティ夫人の再婚相手になるよう頼まれたんだ。書類上の婚姻だけで、定期的にミスリルを融通してもらえることになっていた」

「ミスリル……魔法研究の材料のために取り引きしたんですか？」

魔法と相性がいいミスリルは、特級魔法師のカイル様にとって喉から手が出るほど欲しい素材のはずだ。社交そっちのけで研究に没頭しているとなれば、なおのことである。

そういえば、ロイドもこの縁談を「カイル様がお受けになった」と言っていた。ファレル侯爵夫人から、という意味だったのか。

「そうだ。離婚後のベティ夫人の名誉を守るためだと言われたから、人助けをしてミスリルが手に入るならと承諾したんだ。ハーシェル伯爵には話が通っているものだと疑いもせず、ロイドに求婚状を送らせた。知らなかったんだ。当人たちは離婚するつもりなど毛頭なく、帝国の侯爵令嬢を輿入《こしい》れさせたいがために無理やり別れさせようとしていたなんて。知っていたら断っていた」

魔物討伐から帰ってみれば、屋敷には求婚したはずのベティお姉様ではなくその妹がいて、留守中にアダムお義兄様から『離婚の意思はない。すべては母親である侯爵夫人の勝手な行動である』という内容の手紙が届いていたということらしい。

裏も取らずに浅はかだった、とカイル様が嘆息した。

「それほどミスリルが魅力的だったということでしょうね。ですが、わかりません。ファレル家とカイル様はともかく、その帝国の侯爵令嬢になんのメリットがあるんですか？　わざわざ他国で後妻にならなくても、好条件のお見合いなどいくらでもあるでしょう」

「それがそうでもないんだ。その侯爵令嬢……マリーナ・ブーフ嬢は、最近まで皇太子の婚約者だったのだが破棄された。浮気相手の男爵令嬢を妃に迎えたいと、公の席で大っぴらに騒いだらしい。とんだ醜聞だよ。皇室は火消しに躍起になっている」

「あちらでは傷モノというわけですね。それでこの国で縁談をということですか」

「ブーフ侯爵家は、ファレル侯爵夫人の母方の実家だそうだよ。ブーフ侯爵はご立腹だ。だからミスリル鉱山付きで娘を国外に出すつもりなんだろう。ゴカ鉱山の採掘権が他国に移れば皇室にとって大きな痛手だから」

ブーフ侯爵領のゴカ鉱山は、ヴェハイム帝国で一番の採掘量を誇るミスリル鉱山である。

ファレル侯爵夫人にとって、マリーナ嬢を嫁入りさせることで自分と不仲のベティお姉様を排除でき、ミスリルを欲しがる王家に対して恩を売れる美味しい話だ。ブーフ侯爵にしても、縁戚の息子と結婚させたほうが何かと安心ではある。少なくとも愛娘が冷遇される心配はない。

「はあ、皇室ですか」

つい間の抜けた声になる。皇太子の婚約破棄騒動のとばっちりだったとは。

「縁談の件は、ファレル侯爵夫人の暴走だろう。ブーフ侯爵令嬢の相手には、ほかの令息を紹介することもできたはずだから」

ともあれ皇室とブーフ侯爵の悶着が決着するまで、成り行きを見守るしかなさそうだ。

「今後については、ハーシェル伯爵と直接話し合う。別件で確認しなければならないこともあるから、しばらくこの屋敷に滞在してほしい」

「わかりました」

貴族の場合、娘の縁談を決めるのは父親だから、これ以上、私が出しゃばっても意味はない。おおよその事情はわかったことだし大人しく従おう。

「私は研究室にこもることが多いから、あまり顔を合わせることはないと思うが、屋敷の中では好きに過ごしてかまわない」

しかし、外出は不可だという。王都見物がしたかったのに、外出不可とは納得がいかない。けれど、防犯上の理由の一点張りで埒が明かなかった。いっそのこと我が家のタウンハウスへ移りたいと願ったのだが、それも問答無用で却下されてしまった。

「――というわけなんだけど、どう思う？」

一夜明け、裏庭のガゼボでホットチョコレートを飲みながら、グレタとジミーにカイル様とのやり取りを打ち明けた。

「お飾りの妻でいいなんておっしゃったんですか？　なんてことを……！」

グレタが衝撃を受けている。けれど、それ、気になるところ？

「だって返品されたら傷モノだし、きっともう縁談なんてこないし、いずれサイラスが結婚したら小姑の私に居場所なんてないじゃない？　だったらここで、のんべんだらりと暮らしたほうがいいと思っちゃったのよ」

王都の支部で魔法付与師の仕事をしながら、流行りのカフェに寄ってケーキを食べて……憧れの王都を謳歌《おうか》するのも悪くない。

「居場所がないなんて、そんなことあるわけないじゃないですかっ」

「そうかしら？」

「そうですよっ」

グレタの剣幕に押され気味になる。でも本当に居場所なんてあるの？　新商品を作っても、また誰かの手柄にされてしまうのではないだろうか。

「公爵閣下は、ボンキュッボンが好きなわけじゃなかったんすね」

ジミーは、そっちが気になるらしい。

もうちょっと、ほかに何かないものか。そう、たとえば――。

「カイル様の好みのタイプより、ベティお姉様の離婚の話よ。姑の暴走ですって。別れない可能性も出てきたってことよ」

「離婚しないなら、今と変わらないのでは？　お嬢が兄さんの婚約者に戻ればいいだけっす」

「それだとベティお姉様とハリーが結婚できないじゃないの！」

「は？　どうして兄さんとベティお嬢が？」

「あの二人は愛し合ってるの」

「マジっすか！」

ジミーが大仰に背をのけぞらせたので、教えていなかったのかとグレタに問えば「あ、忘れていました」と返ってきた。出立ギリギリに討伐から帰還したジミーは、ベティお姉様のあの発言を知らないのだ。

「カイル様との縁談がなくなったとしても、離縁されなければベティお姉様が再婚できないわ。どうしよう……まだ離婚が成立していないということは、きっとアダムお義兄様が健闘しているのよね。ああ、モテる女って辛い！」

「シャノンお嬢様がやきもきしたって仕方ないですよ。本気だったらベティお嬢様のほうから離婚するでしょうし」

「あっ、そうか。女性からも離婚できるんだった」

醜聞になる離婚を自ら申し出る貴族女性なんて、まずいないから失念していた。そうなると私にできることは何もないのか。

「あんな目に遭ったのに、どうしてベティお嬢様を気にかけるんですか？」

勝手に商品の発案者を名乗られていたことを指しているのだろう。グレタの口がへの字に曲がる。

「だって……幸せになってもらいたいのよ……」

グレタに本音を悟られないようにゴニョゴニョと言葉を濁した。

別にベティお嬢様を気にかけているわけではない。ただハリーの幸せを祈っているだけ。そのためだけにベティお姉様の所業を許し、円満な離婚を願う。

「アダム卿《きょう》に手紙でも書いたらいいんじゃないすか」

「アダムお義兄様に？」

「ベティお嬢には愛する人がいるので別れてやってくれって」

その直後、グレタがジミーの頭をべしっと叩いた。

「そんな失礼な手紙を出せますかっ！」

「イテテ……冗談だよ」

手紙は無理でも、もし会うことがあればこっそり頼んでみてもいいかなと思う。とはいえ、私はベティお姉様の結婚式を欠席させられたので、アダムお義兄様の顔を知らないのだけれど。

「ところで別件ってなんでしょうね？」

ふと思い出したようにグレタが首を傾げる。

「やっぱり気になるわよね？　外出禁止だし、悪い予感しかしないのだけど」

「お嬢の逃亡防止じゃないっすか？　さては何かやらかしましたね。ピンハネ、パクリ、脅し……」

「やめてよ、私は善良な魔法付与師なの！　盗作も恫喝もしてないってば。この名誉会員バッジの誇りにかけて誓うわ」

私は星型の銀バッジを掲げ、ジミーに突きつけた。

魔法付与師に与えられる会員バッジは、会員番号が彫られていて身分証にもなる。私の番号はゼロ。名誉会員にのみ許される特別なナンバーだ。

ジミーは参りましたとばかりに、はは～っと大きな体を折り曲げてガゼボのテーブルにひれ伏す。右巻きのつむじから、ぴょんと短い黒髪が跳《は》ねていた。


邸内では図書室の使用許可をもらい、主にそこで過ごした。

日々研究に明け暮れる特級魔法師の邸宅なだけあって、希少な魔法の本がたくさん並んでいる。読みたい本もあったし、浮遊魔法付与の馬車の特許申請書類を仕上げてしまいたかった。

今までの特許は全部サイラスに譲ってしまったので、申請中の温熱・冷却のハンカチ、それにこの馬車しか新たに権利を得られそうな案件はない。つまり私の個人資産は、王都に来る際にお父様が買ってくれた少しばかりの宝飾品だけで、今後の継続的な収入はないのだ。

「なんとか特許申請が通ればいいのだけど……」

私はなんとなく、このまま王都に住めないかと思い始めていた。領地でハリーとベティお姉様のイチャイチャを見ながら暮らすのもしんどいし、自身の結婚は望み薄だ。だったら違う場所で、一人で生きていくことを考えなくちゃ。

ハーシェル家には、エルドン家のように王都に別邸がいくつもあるわけではない。もし両親が王都暮らしを許してくれなかったら、自力で小さなアパートメントを借りて質素に暮らすことになる。そのためには、お金が必要だ。

図書室での作業のほかは、息抜きがてらキッチンの手伝いをしている。特許の申請書類は、その製品の仕様を細かに記載せねばならず、けっこう疲れるのだ。

料理人のベンは「お客様に手伝わせるなど、とんでもございません！」と恐縮していたけれど、簡単な料理を教えてもらうことを対価に受け入れてくれた。

スープが作れるようになったら、独り暮らしでも食事に困らないかもしれない。そういう魂胆だった。それに急に人数が増えたので、人手が足りないと思う。私とグレタはともかく、ジミーはよく食べるから。

「シャノンお嬢様、じゃがいもの皮むきをお願いします」

「はーい。今日はポトフね？」

「はい、カイル様の好物なので」

私はじゃがいもを手に取り、ナイフで皮をむく。最初はぎこちない手つきだったが、毎日手伝っていると上達も早く、一週間もすれば野菜を切る作業は任せてもらえるようになった。

私が皮むきをしている間に、ベンは商会から届いた小麦粉の袋を魔法で飛ばして食糧庫へ運ぶ。

ベンは四十路だそうだけど、ハーシェル家の料理人ミックと年齢はあまり変わらないのに筋肉質で若々しく見える。だが、その筋肉で荷物を運ぶことはない。

「わぁ、飛行魔法が使えるのね」

「私には『風』と『闇』の属性があるので、闇魔法で軽くしてから飛行させています。こうすると魔力消費を抑えられてコントロールも楽になるので」

「なるほど……」

上級魔法も工夫次第で扱いやすくなるということだ。

ベンからは、こうして料理以外にも魔法のヒントをもらえることもある。

魔法研究に勤しむカイル様とは、あの日からほとんど顔を合わせていない。食事の時間もバラバラだ。ロイドは執事よりもカイル様の助手が本業らしく、忙しそうにしている。

王宮魔法師と知り合うチャンスが今までになかったので、じっくり話をしてみたかったのだが、どうやらそんな暇はなさそうだ。

この生活は、カイル様の母親であるエルドン前公爵夫人がこの屋敷にやって来るまで続いた。

「出て行ってちょうだい！　あの女の娘だなんて冗談じゃないわっ」

私は会うなり、憤怒の形相で罵声を浴びせられたのだった。

【閑話】執事ハリー・クリントンの不器用な真実

「お帰り、ハリー。シャノン姉様がエルドン公爵と婚約したそうだよ」

私は旦那様の命令でファレル侯爵家を調べるため王都に赴いていた。侯爵領にまで足を延ばし情報収集を終えてから再びハーシェル家のタウンハウスに戻った直後、サイラス様からそう告げられた。

「は？」

手に持っていたお土産を落としてしまい、中身が散乱する。サイラス様お気に入りの丸いボンボンショコラが床に転がっていった。

信じられない……。シャノン様は、私の妻となるはずの女性だ。この件が片づけば、正式に婚約し結婚準備に入る予定だった。それなのに、なぜ？

そこで私は、はたと気づく。そうだ、まだ……婚約していないのだ。

私もシャノン様も旦那様からそう聞いているだけで、お互いに確認し合ったわけではないし、書面にサインを交わす前の段階である。つまりシャノン様はフリーで、どこの誰と結婚しようが私に文句を言う資格はないのだ。

「こんなことになるなんて、僕は情けないよっ……」

サイラス様は泣きそうな顔で拳を震わせている。その縁談が不服なのだろう。しかし、今の私に自身の主を慮《おもんぱか》る余裕はない。

シャノン様が婚約した――。

この事実に、ただ呆然となった。

＊＊＊

我がクリントン家が忠誠を誓うハーシェル伯爵家には、三人の子女がいる。

長女ベティ様は貴族令嬢らしい華やかさがあり、母親譲りの美貌は社交界でも評判だ。気が強くプライドが高いが、情に脆《もろ》いところもある。

嫡男サイラス様は、末っ子のせいか頼りなく見られることがあるものの本当は賢く、一度決めたことを貫く芯の強さを持っている。将来は領民に慕われる、よい領主になるだろう。

お二人とも伯爵夫妻ご自慢のご息女、ご子息である一方で、次女シャノン様の存在は異質だった。

姉弟とは違い、ほとんど屋敷から出ることなく育てられ、他家の貴族子女との交流がないからだ。決して厭《いと》われていたわけではない。上流階級にはナニーに養育を任せきりにする親も多いのに、旦那様と奥様はお子様たちに愛情深く接してこられた。

教育方針の違いと言ってしまえばそれまでのことだが、奥様はベティ様を連れて歩きたがり、シャノン様を自分の傍に置き外に出したがらなかった。奥様に甘い旦那様は、それを許していた。


『お母様、私も婦人会のお茶会に行きたいですっ』

『遊びじゃないのよ』

『でも、ベティお姉様は毎回連れて行ってもらえるのに……』

『お母様、今年は私も王都へ行きたいです』

『シャノンには、まだ無理よ』

『もう八歳ですっ。ベティお姉様が、王宮のティーパーティーに参加した年です』

屋敷に置いていかれるのが寂しいのだろう。シャノン様は「嫌ですぅ」とべそべそ泣きながら訴え、却下される。奥様がベティ様を連れて出かけようとするたび、毎回そのくり返しだった。

がっくりと肩を落とす姿を見かけるたびに、まだ少年だった私の胸は痛んだ。

ベティ様が五歳の頃には、もう王都の屋敷で社交シーズンを過ごされていたのに、一体なぜシャノン様は留守番なのだろう？

「いいなぁ、ベティお姉様は。私もあんなドレスを着てお出かけしてみたい」

若草色の華やかなドレスを着て奥様と馬車に乗られるベティ様を、シャノン様はいつも羨ましそうに見送っていた。

不憫《ふびん》に思うが、執事見習いの一人にすぎなかった私は物申せる立場ではなかった。ぽつんとその場にたたずむシャノン様の小さな手を取ると、私を見上げ「いっちゃった……」と瞳に涙を溜める。

「シャノン様、ジミーの鍛錬を見に行きましょう」

この頃、まだ見習い兵だった弟のジミーは、毎日コテンパンにしごかれていた。伯爵家にグレタがやって来るのはもう少し先の話で、シャノン様にはまだ専属の侍女がいない。ドーラがお世話をしているのだが、奥様の侍女も兼ねているため多忙だ。だから私やジミーが話し相手になることが多かった。

私に手を引っ張られてトボトボと歩くシャノン様をなんとか元気づけたくて、繋いだ手にぎゅっと力を込めた。

すると、ゆっくり顔を上げる。

「今年はハリーも王都へ行っちゃうの？」

「いえ、こちらに残ります。サイラス様を誘ってピクニックにでも行きましょうか？」

「うん、行きたい！」

やっと笑顔になる。

なんだか放っておけなくて、気づくといつも姿を目で追っている……私にとってシャノン様は、守ってあげたくなるような、妹のような、そういう存在だった。


シャノン様は、使用人たちの間で「小さなお嬢様」と呼ばれていた。

なかなか身長が伸びなかったことから、それはいつの間にか『幼い』から『小柄』という意味の「小さい」に変化していった。

ジミーを含めた口の悪い使用人の中には「チビ」だの「子どもみたい」だのと軽口を叩く者もいたが、親しみがこもっていたのは確かだ。偉ぶらず下働きたちにも分け隔てなく接し、ちょこまかと働くシャノン様のことを皆、敬愛していた。

この国の貴族の間では「小さい体は子が産めない」という俗説のせいで縁談が不利になる。だからシャノン様は、ご自分の華奢な体型を気にされていた。

『そんなに小さいとお嫁にいけないわよ』

『チビだと、こんな所にも手が届かないの？　しょうがないわね、わたくしが取ってあげるわ』

ベティ様にからかわれ、しょげた顔をされることもあった。

「皆、シャノン様のことが大好きなんですよ」

私の慰めに、くりっと大きな青紫色の瞳をパチパチとしばたたかせ「ホントに？　ハリーも？」と前のめりの姿勢になる。

「もちろん、大好きです」

そう答えると、パッとひまわりのような明るい笑顔になった。

「よかったぁ」

息がかかるほど近い距離で、キラキラと虹色に輝く瞳にドキッとする。同時に、薄紅色に艶《つや》めく唇と首を傾げる仕草が妙に大人びていて、体は小さくとも、もう子どもではないのだと気づく。

十四歳になり魔法付与師として活動を始めると、屋敷に閉じこもっていた頃より楽しそうなイキイキとした表情を見せるようにもなった。

奥様は「貴族の娘が働くなんて」と渋い顔をなさっていたが、これでよかったのだと思う。

来年になればシャノン様は、王都の貴族学院に入学することになる。交友関係が広がり、いくつもの縁談が舞い込むはずだ。いずれ立派な貴族夫人として……そこまで考えて、近い将来には簡単に会うこともできない遠い人になるのだと愕然とした。胸がチクッと痛む。

『もちろん、大好きです』、そう答えた『好き』の意味は……？　認めたくない。この感情が恋だなんて。

相手はお仕えする家のお嬢様だ。決して結ばれない、抱いてはいけない想いなのだ——。

私は自分の心にそっと蓋をすることにした。

気持ちを隠し、執事とお嬢様として接する日々。

シャノン様の進学まであと数ヶ月……もう毎日のように顔を合わせることもなくなるのだなと日ごとに募る寂しさを自覚した矢先、青天霹靂《せいてんへきれき》の事態が起きた。旦那様が投資に失敗し、大損害を被ってしまったのである。

「私、魔法付与師になってよかった。協会の依頼を受けて日銭を稼げば、少なくともその日は皆で温かいご飯が食べられるでしょう？」

ご自分のことよりも皆のことを慮るシャノン様らしい言葉だ。以来、よりいっそう魔法付与師の仕事に励み、たまたま温熱を付与したストールが高値で売れたことから商品開発に没頭されるようになった。

ベティ様が学生時代から交際していたファレル侯爵家の嫡男アダム様と結婚が決まったときも、ハーシェル伯爵家は青息吐息だった。

「この家が助かったのは、わたくしのお陰よ。アダムとの結婚で援助を受けられたのだから」

ベティ様は得意気に自慢するが、事実は少し異なる。いや、ベティ様がアダム様に愛されているのは本当だし、その魅力があるのは否定しない。だがいくら愛し合っていても、利益のない結婚を容認するほど貴族は甘くない。当然、ファレル侯爵家もお二人の結婚に難色を示していた。

最終的に当主のファレル侯爵を頷かせたのは、ヴェハイム帝国の貴族令嬢が大量注文したと話題になったシャノン様考案の温熱下着の存在だった。本格的に事業化するにあたり、先行投資と引き換えに売り上げの一部をファレル侯爵家に納めることが取り決められ、やっと結婚が認められたのだ。

ハーシェル家が救われたのはシャノン様の尽力あってこそなのだが、ずっと客間にこもりきりで商品開発をしていたため、詳しい事情をご存じないのだろう。援助はベティ様への愛ゆえだと信じているようだ。

ベティ様が良縁を得たのに対して、シャノン様の縁談は難航した。

社交界で『体が小さいらしい』『領地に引きこもっている変わり者』という噂が囁《ささや》かれているうえに、学費を捻出できず貴族学院に入学できなかったからである。倹約のために、地元の学校へ通われていたのだ。

これについては、さすがに父も進言した。

「旦那様、伯爵家のご息女でありながら貴族学院を卒業しないのでは、シャノンお嬢様の将来にかかわります。今からでも編入なさるべきです」

答えたのは旦那様ではなく奥様だった。

「わたくしのドレスも注文しなければならないのに、どこにそんなお金があるというの？ ファレル侯爵家に、これ以上の援助を願えとでも？ 厚かましいわ。ベティが婚家で冷遇されたらどうするのよっ」

お金がないなら援助金でドレスや宝飾品を購入するのは控えたほうが……というのは庶民の考え方で、貴族は体面を重んじる。

伯爵夫人がボロを纏って「あの家の内情は苦しいのではないか」などと疑われれば、顧客が離れ事業に悪影響を及ぼしかねない。奥様にはご婦人方にハーシェル家が健全であることを印象づけるとともに、大々的に商品の宣伝をしてもらわねばならないのだ。

結局、奥様に押し切られてしまった。

しかし落ち目とはいえ、魔法付与師協会を設立した由緒正しい伯爵家である。繋がりを持ちたい家の一つや二つはあるはずだ。それなのに格下の子爵家、男爵家にすら、ことごとく見合いを断られることなどあり得るのか？

令息の中には跡継ぎを必要としない次男や三男もいるだろうし、皆が皆、グラマーが好みとは限らない。それにシャノン様は、本人に自覚がないだけで間違いなく美人だ。小柄な女性が多い大陸の北、ピチュメ王国やネルシュ国あたりなら引く手あまただろう。

何かが変だ。

なぜシャノン様だけが？

十八歳を迎えられ、卒業まで二か月を切っても婚約が決まる気配はない。この頃にはもう王都へ行きたいとも、キレイなドレスが着たいともおっしゃらなくなっていた。

私とシャノン様の縁談が持ち上がったのは、そんなときだった。

「シャノンお嬢様と縁談の話が出ている。いずれ二人でサイラス様を支えてほしいそうだ」

「私なんかでよろしいのですか？」

父から打診を受け、自分の気持ちを閉じ込めていた心の蓋がカタカタと音を立て始める。こちらからすれば、降って湧いたような幸運だ。しかし、シャノン様はそれでいいのか？　五歳も年上の私は兄のような存在でしかないだろうし、普通、伯爵令嬢は家臣と結婚したりしない。少なくともこの国ではそうだ。平民の私とでは身分が違いすぎる。

「奥様が、無理して貴族に嫁がなくても領内でいい人がいればとおっしゃったのだ。旦那様はどなたかの後妻にと考えておられたようだが、シャノンお嬢様が魔法付与師を続けるには、おまえと結婚したほうがいいと判断された」

「シャノン様がお嫌でないのなら、謹《つつし》んでお受けします」

断る選択肢も、そのつもりもなかったので返事は決まっていた。

後日、旦那様から「シャノンのことを頼んだよ」とのお言葉をいただいて、やっとシャノン様と結婚できるのだという実感が湧く。心が温かなもので満たされる。

旦那様のご配慮で、今年は魔物討伐に出立したジミーの代わりにシャノン様の護衛として一緒に過ごすことになった。

仕事場に同行してつくづく感じるのは、シャノン様は努力家だということだ。

私は雷撃魔法が使えるが、シャノン様のように巧《たく》みな魔力コントロールはできないし、しようとしたこともない。攻撃魔法は敵に当たればいいのだと思っていた自分が恥ずかしくなる。

シャノン様は、単純な武器強化の依頼でも『強化』と『保護』の二つの魔法を駆使する。武器の状態によっては、さらに別の魔法を追加することもめずらしくない。

魔法付与師とは、熟練を要する技術職なのだと気づかされる。そしてシャノン様は、間違いなく優秀な魔法付与師だ。これまで相当な研鑽《けんさん》を積まれたのだろう。

伯爵家を救った温熱下着や冷風扇子。これらを開発するのは大変だったはずだ。布の種類や材質によって最適な付与率が変わる。何度も実験して適温を導き出す。気の遠くなる作業だ。私は、彼女の苦労に報いたことがあっただろうか。お礼の言葉すらまともに申し上げていないのではないか？

思えば、これが一度目の後悔だった――。


シャノン様と一緒に過ごす時間が増えたとはいえ、私たちの間に婚約者や恋人同士のような甘い雰囲気はない。

仕事帰りのカフェで「すっごく美味しいわ」と大事そうにちょっとずつケーキを口に運ぶシャノン様は……可愛い。大きな瞳を輝かせ無邪気に微笑んでいるのを見て、思わず「よろしかったら、こちらもどうぞ」などと、自分の皿を差し出してしまうのは仕方がないことだろう。たとえその行為が、周囲の客からは妹を甘やかす兄としか映らないとしても、だ。

シャノン様がどんな気持ちで私との縁談を受け入れたのかはわからない。けれど、彼女なりの誠意なのだろう。誕生日プレゼントにと、二枚のハンカチをいただいた。

忙しい合間を縫《ぬ》って刺繍してくださった火吹き竜と青竜のダイナミックな図柄には、それぞれに温熱と冷却の効果が付与されていて、シャノン様らしいと思う。刺繍自体も手が込んでいる。心がこもっているようで嬉しかった。

お礼がしたいと申し上げたところ、ダンスを所望された。『せっかく習ったのに、社交界デビューしなかったんだもの。ビシビシしごかれたのよ、一回くらい踊りたいじゃない？』と。

それを聞いて『私もあんなドレスを着てお出かけしてみたい』という、かつてのシャノン様の願い事が頭をよぎった。

「今年からサイラス様が王宮舞踏会へ参加なさいますよ。一緒に出席なさったらいかがですか？」

残念ながら私には、格式ある王宮舞踏会の参加資格はない。サイラス様も「今度こそ、シャノン姉様を王都の舞踏会へ連れていってあげたいんだ」とおっしゃっていたことだし、幸いにも事業が成功したので夜会用のドレスの一着くらいは仕立てられるだろう。いい機会なのではないかと考えて、そう提案した。

しかしシャノン様は、首を縦に振らなかった。

「気を遣わせて悪かったわ。サイラスにもきちんとしたご令嬢にパートナーを申し込むよう、あなたから伝えて。それがあの子のためだから」

それがあの子のためだから——その言葉を口にする顔が一瞬、曇《くも》った。

そんなに哀《かな》しい顔をさせたかったわけじゃない。シャノン様は自身の噂をご存じなのだろう。おそらく弟に迷惑をかけたくない一心で、すべて諦めて一生領地にとどまるつもりなのだ。

余計な差し出口だったか……。なんだか大きな過ちを犯してしまったような気がした。

私が謝るとシャノン様は「いいのよ」といつもの調子で笑い、それっきりダンスの話は有耶無耶《うやむや》になった。けれど……踊りたかったのだろうな。一度も踊ったことがないと、私に打ち明けたくらいなのだから。

その晩、旦那様のヴァイオリンの音色が屋敷中に響いた。

ギィ、ギィと異音交じりの下手糞なソナタを聴きながら、私は昼間のシャノン様の顔を思い浮かべた。

シャノン様、踊りましょう——。

どうしてその一言が言えなかったのだろう。

一階のホールで、音楽に合わせて二人でステップを踏むくらいのことは、あのときすぐにでもできたはずだ。希望があればと尋ねたのは私のほうだったのに、逆に気を遣わせてしまうとは。

これが、二度目の後悔——。

せめて結婚パーティーでは、心ゆくまで踊ろう。旦那様の仕事も一息ついて、いよいよ結婚準備に入るはずだから、その日はすぐにやって来ると思っていた。それなのに——。

翌日、旦那様に呼ばれ、ベティ様が離婚すると告げられた。

とはいえファレル侯爵家からはなんの連絡もなく、帰郷を知らせるベティ様の手紙のみで、さっぱり事情がわからない。どちらの有責なのか、今後事業はどうするのか、そもそも本当に離婚するのか。

皆、困惑している。

「それでおまえたちの婚約なんだが、この件が片づくまで待ってもらえないか？」

旦那様のこの言葉に、思わず唇を噛みしめた。堪えられず不快感が顔に出てしまう。ここまで来て、まさか保留にされるとは考えもしなかった。

シャノン様の落胆ぶりが渋々承諾する声に表れていて、意外とこの婚約に前向きなのかもしれないな、と少し救われた気分になる。

いずれにしても、このまま何もせずベティ様の到着を待っているわけにはいかない。私は急遽、旦那様に情報収集を命じられ、王都へ向かうこととなった。

荷造りが終わった頃、シャノン様が執事部屋を訪れた。「結界魔法を付与してあるから、お守りに」と差し出されたペンダントの水晶は彼女のお守り石である。

「えっ、結界ですかっ？　あの最上級魔法の？」

結界は防御の最上級魔法で、難易度も魔力消費も桁違《けたちが》いだ。

物理、魔法、毒のみならず魅了や洗脳などの精神的なものまで、あらゆる攻撃から身を守る結界付与のアイテムは、安い物でも王都一等地の高級アパートメントが買えるほど値が張る。ましてやそれが宝石ともなれば、王族や裕福な貴族、豪商くらいしか手が出ない高級品だ。買い手が限られるため、一般的には物理回避や火炎回避など、用途別に付与した物が出回っている。

「そうなの。本当は外套とか防具に付与できればよかったんだけど、腕が未熟で石にしかできなくて。悪いけど、なるべく首にさげていてくれる？　このペンダントを中心に結界が張られるから、荷物に入れちゃうと意味がないっていうか……」

何をおっしゃっているんだ。腕が未熟？　とんでもない。結界魔法自体、扱える者が少ないのに。

慌てて辞退するが「あげるんじゃないわ、貸すのよ」と気遣ってくださったので、貴重なアクセサリーをお借りすることになった。

失くさないように肌身離さず身に着けていよう。その場で首にかけシャツの内側に仕舞い込んだ直後、シャノン様がガクンと膝から崩れ落ちてしまった。

「シャノン様？　シャノン様、しっかりしてください！　シャノン様！」

大急ぎで部屋へお連れすると、グレタにため息を吐かれた。あたふたする私に呆れたのだろう、ジト目になっている。

「一体何をやっているんですか、あなた方は」

「き、急に倒れて……と、とにかく、すぐに医者を呼ぶから、シャノン様を頼むっ」

「落ち着いてください。眠れば回復しますから」

「そんなこと言って、もし目覚めなかったら！」

魔力は眠れば回復する。それが一日なのか二日なのかは個人差があるが、大抵三日もあればどれだけ魔力量が多い人でも満タンになる。だが稀《まれ》に目を覚まさない事例もあるだけに気がかりだ。

「心配しすぎです。初めての魔力切れじゃないんですから」

だが万が一のことがあったら……と反論しかけて、シャノン様がサイラス様の馬車に浮遊魔法を付与しようとしたことを思い出した。

万が一、か。シャノン様も同じことをおっしゃっていた。あのときは、きっとこんな気持ちだったんだな。それをティムと一緒になって、心配しすぎだと茶化してしまった。

悪いことをした……三度目の後悔が襲う。

「大丈夫ですよ。私が無理やりにでも起こしますから。ハリーさんも無事に帰ってきてください。大袈裟かもしれませんけど、それがシャノンお嬢様の望みなんですから」

「わかった……」

自分の胸元に水晶のお守り石があるのを確かめるように、シャツの上から手を重ねた。

こうなったら一刻も早く仕事を終えて戻ろう。そう決意して探るうちに、アダム様に離婚の意思はないこと、ファレル侯爵にとっても寝耳に水の話でハーシェル伯爵家を蔑《ないがし》ろにするつもりはないと知り安堵する。どうやら大事になることはなさそうだ。

ヴェハイム帝国で起きた皇太子の婚約破棄騒動に端を発し、その相手のブーフ侯爵家が持つミスリル鉱山の利権が絡んでいることも判明した。

「あの事業はまだまだ拡大の余地があるのに、ハーシェル伯爵と縁を切るなどあり得ない。帝国もみすみすゴカ鉱山の採掘権を他国に渡すことはしないだろう。妻は何もわかっていないのだ」

ファレル侯爵と対面が叶《かな》い「あとはこちらで対処する」との言質も取った。旦那様に報告さえしてしまえば、あとはもう結婚準備を進めるだけだと意気込み、途中で婚約指輪を購入して王都に戻ってみればシャノン様が婚約なさったという。

しかもエルドン公爵？　あの『冷酷』『変人』と噂の!?

＊＊＊

「僕はね、ハリーならシャノン姉様を幸せにしてくれると信じていたんだ。だけどベティ姉様と愛し合っているんだろ？　そうならそうと打ち明けてほしかったよ。そんなに僕は頼りにならない？」

タウンハウスへ戻ってきたばかりの私を、涙目のサイラス様がキッと睨む。

何を言われているのか、さっぱりわからなかった。誰と誰が愛し合っているというのだ。

「なんでだよ……なんでシャノン姉様ばっかり、こんな目に遭わなきゃならないんだ。母上のせいでお茶会にも行けないし、同年代の子どもたちと交流させてもらえなかったから友達もいない。学校だって伯爵家の娘なのに地元の平民に交じって……まともなドレス一枚持ってやしないじゃないか。そのうえシャノン姉様の考えた商品が、こっちじゃベティ姉様が考案したことになっているんだよ。入学してクラスメイトに言われて知ったんだ。『ベティ夫人のような才女がお身内だなんて羨ましい』ってね。どうせベティ姉様が、よく考えもせずにそれらしいことを吹聴したんだろう？　そのベティ姉様が『ハリーと愛し合ってるから再婚したい』と訴えたそうだよ。だからシャノン姉様は身を引いたんだ――」

「ちょ、ちょっと待ってください、私とベティ様が⁉　いつもの戯言《ざれごと》ではないですか？」

グズッ、グズッと鼻を啜りながら、矢継ぎ早にまくし立てるサイラス様を慌てて遮る。

一体、ベティ様は何をおっしゃっているのか。アダム様と恋愛結婚したのに、私と愛し合っているなんてあり得ない。

いや、才色兼備を装ってはいるが、もともと虚言癖のある方だった。

当時、「学業と商品開発の両立も大変ですのよ」なんて、シャノン様の仕事をさも自分の手柄のように自慢しておきながら、いざ旦那様に叱られると「あら、わたくし『誰が』とは言っていませんわ。相手が勝手に勘違いしただけです」と誤魔化して逃げたのだ。

旦那様が噂を黙認なさったのは、その『勘違い』の相手が帝国の貴族令嬢で、販路を拡大するのに「ベティが言うことは嘘です」などと内輪揉めのような醜態をさらせなかったからだ。

そういうちゃっかりした性格だから、保身のために再婚先を確保しておこうと考えた可能性はある。

「だけどシャノン姉様は、ベティ姉様の戯言を信じたんだよ」

サイラス様が、机上に一通の手紙をぽんと放った。

グレタからの定期報告だ。こうやってサイラス様は、私以外にも複数名の使用人から屋敷内の情報を得ている。いつ問題が起きてもすぐに気づいて対処できるよう、怪しげな動きがないか次期当主として日頃から目を光らせているのだ。


《……屋敷に戻られたベティお嬢様が「わたくしとハリーは愛し合っているのだから譲ってほしい」と、シャノンお嬢様に懇願しているところをこの目ではっきりと見ました。

さらには旦那様にも、ご自分がいかにハリーの結婚相手にふさわしいか主張されていたようです。いつもの冗談ではないかと申し上げましたが、ベティお嬢様の嫁入りの際、二人が抱擁《ほうよう》し別れを惜しむ姿をご覧になったのだそうです。

そのためシャノンお嬢様は、ハリーは旦那様の命令で仕方なくご自分との縁談を受け入れたと思っておられます。

このような状況のさなかに求婚状が届き、シャノンお嬢様は旦那様に打診された、エルドン公爵との婚約を即断即決なさいました。ベティお嬢様とハリーの幸せのために身を引いたのです。

一晩中泣いたあと、気丈にも翌日から王都へ向かう準備を始められ――――》

便箋を持つ手が震える。

なんだ、これは。私とベティ様が抱擁だって？

思い当たることがあるとすれば、あのときしかないが――。

「あれは、酒に酔ったベティ様に絡まれたんですっ！」

ベティ様は酒豪だ。時々、侍女のアビーを無理やり巻き込んで大酒を飲み、理由もなく突然泣き出したり、人に絡んだり……要は酒癖が悪いのである。学生時代は長期休暇で帰省されるたび、醜態をさらして奥様に叱責されていたものだ。

ちなみにこの国では、十六歳以上であれば飲酒すること自体に法的な問題はない。


あの日。

これからファレル侯爵家へ出立するというのに、ベティ様はふらりと執事部屋に現れた。酒くさい。どうやら、最後だからと明け方まで飲んでいたらしい。

「もうすぐ出立なのに何をやっているんです⁉」

私が諫めると「だから来たんじゃないの」と泣き出した。このままだと馬車に乗れないから、浄化魔法で解毒して酔いを醒《さ》ましてほしいとおっしゃる。

掃除や洗濯に重宝する初級の浄化魔法《クリーン》は、この家の使用人なら誰でも使える。しかし中級の解毒となると、私と父と旦那様のほかはグレタとアビーしかいない。

アビーが酔い潰れてしまったため、一番頼みやすい私の所へ来たわけだ。

「少しは自重してくださいよ。離縁されても知りませんからね」

「ふ～んだ。どうせ、おまえはシャノンがいればそれでいいんだもんね。知ってるのよ、好きなんでしょ。そうなんでしょ、ねえねえ、そうなんでしょぉ？」

今度は絡み始める。非常に面倒くさい。

「はいはい」

適当な返事をしたのがいけなかったのか、「自重するからぁ」と涙声で訴え始めた。

「二人の結婚式には呼んでよね。絶対に呼んでよ？」

「結婚なんてできるわけな……」

「そうやってぇ、わたくしを除け者にして飲ませないつもりねッ、キィーッ！」

ああ、こりゃダメだ。支離滅裂になっている。早いとこ酔いを醒まさせよう。そう思った瞬間、ベティ様にがばっと勢いよく抱きつかれた。

「うちの貯蔵室には、まだワニューニ産の高級赤ワインが眠っているの……だからお願い、わたくしを忘れないで……」

「……忘れませんよ」

適当に相槌《あいづち》を打ちながら背中に手を回した。浄化魔法を発動し、じわじわと解毒していく。

「きっと……わたくしは、ずっと…………」

「泣かないでください」

ベティ様がまた泣き出したので、すぐに注意したが伝わっていないだろう。泣きはらした目は魔法ではどうにもならないから、奥様にバレるかもしれない。

魔法が体に浸透していくにつれ、ベティ様の瞼が徐々に重くなる。意識がなくなり、体の力が抜けてから近くのソファに寝かせた。数分もすれば目覚めて正気を取り戻すはずだ。あとはアビーか。

私はアビーのもとへ向かい、同じように解毒で酔いを醒ましたあと「主人を諫めるのも腹心の役目だ」と懇々《こんこん》と説教したのだった。

「というわけなんです」

私の説明に、サイラス様は「なるほど」と頷いた。一応、納得はしていただけたようだ。涙が止まっている。

「ハリーはさ、シャノン姉様のことをどう思っているの？」

改めて問われ、私は初めて本心を口にした。

「お慕いしています……」

「それ、伝えた？　伝えてないから、身を引くとかいう発想になっているんだよね。縁談の話が出てけっこう時間が経つのに、何してたわけ？　キスは？　デートもしていなかったの？」

「面目次第もございません。そういったことは、まだ早いかと考えておりました」

主家の娘と安易にキスできるわけがないだろう。シャノン様とは、ゆっくり愛情を育んでいけたらいいと思っていた。焦らずともその時間は十分にあるのだと。

「そういう真面目なところは嫌いじゃないよ。だけどさぁ、それじゃあまりにポンコツすぎやしない？既成事実の一つもあったら、いくら公爵家の縁談でも阻止《そし》できただろうに」

ため息交じりに過激なことをおっしゃる。

だがしかし、そうなのだ。せめて自分の気持ちくらいは伝えておくべきだった。私が不甲斐ないせいで、シャノン様はベティ様の嘘を信じた。ほかの男との結婚を決断させてしまったのだ。

四度目の後悔……いや、後悔ばかりだ。

こんなことになるのなら、デートに誘えばよかった。キレイだと何度も褒めればよかった。ドレスを贈ればよかった。愛している、と言えばよかった。

もう一度やり直せたら、そのときは……と決意しても、もう遅い。

心の奥が、ずんと重く沈んだ。

3章

先触れもなく、エルドン前公爵夫人がやって来た。

お怒りであることは、カツカツと苛立《いらだ》たしげに鳴り響く靴音と吊り上がった細い眉でわかる。

私はちょうど特許申請の書類を書き上げたところだった。突然、バンッと図書室の扉が開き、見知らぬ婦人が入ってきて驚いたけれど、その面差しからカイル様の母親だと予想できた。見事な銀髪を緩やかに結い上げ、首にはパールのネックレス、切れ長の瞳は青く涼しげでカイル様と似ている。

私は静かに立ち上がり、カーテシーをする。

「出て行ってちょうだい！　あの女の娘だなんて冗談じゃないわっ」

いきなり罵倒《ばとう》されて頭が真っ白になった。

「え……？」

相手の身分が上の場合、お声がかかるまではこちらから話しかけてはいけないとお母様に習ったけれど、罵倒もカウントされる？　もう話しかけてもいい？　パニックを起こした頭の中で、そんな些《さ》末《まつ》な考えがグルグルと回る。

「ちょっと、聞いてるの!?　何よ、その小さくて貧相な体は。噂は本当だったのね。求婚状を真に受けてのこのことやって来るなんて、厚顔無恥にもほどがあるわ」

小さな体……もう言われ慣れている。やはり後継を望む家柄では、私を受け入れることなど無理なのだ。この場にいるのがベティお姉様だったら、エルドン前公爵夫人もここまでお怒りにならなかったかもしれない。

「ハーシェル伯爵家の次女、シャノンと申します。この縁談には両家の行き違いがあったようで、話し合いが終わるまでの間、閣下がこちらに滞在するようにおっしゃったのです。あの……悪気はなかったのですが……申し訳ございませんでした」

「いくら息子が許したからって、のうのうと居座るなんて図々しい。さっさと帰りなさいな。二度とその顔を見せないでっ！」

私は頭を垂れたまま、なるべく丁寧に謝罪したつもりだったけれど、社交場に出たことがないからどこか失礼があったのかもしれない。激昂したエルドン前公爵夫人に、手に持っていた扇子を投げつけられてしまった。

パシッ。

私の首飾りの小さなブラウンダイヤに付与していた結界魔法が発動し、弾いた扇子がエルドン前公爵夫人の額に当たった。

「なっ……！」

跳ね返されるとは思わなかったのだろう。エルドン前公爵夫人は驚きのあまり言葉を失い、口をパクパクさせている。

その間にカイル様とジェナが駆けつけた。

ジェナが落ちている扇子を見つけ、ゆっくりとした動作で拾う。

「母上、何をなさっているのですか！」

カイル様は、私とエルドン前公爵夫人との間に割って入った。初対面の相手に狼藉を働くとは思わなかったのか、驚いたように目を見開いている
「あなたがハーシェル家の娘を家に招いたと聞いて、急いで領地を発《た》ったのですよ。勝手に結婚を決めるなんて、どういうつもり？　母は認めませんよ！」

「だからといって、これは……」

「この娘をエルドン家に近づけないでちょうだい。虫唾が走るわ。逆らうなら、陛下にお願いして王命であなたを婚姻させます。そうね、お相手は帝国のブーフ侯爵令嬢なんていいんじゃないかしら」

「母上！」

エルドン前公爵夫人は踵《きびす》を返し、足早に図書室を出て行ってしまった。

なるほど、ミスリルが欲しいなら直接ブーフ侯爵家と縁組しろということか。息子の思惑など、とっくにお見通しなのだと感心した。

カイル様はため息を吐き、何か言いたげにジェナを見ている。

それに気づいたジェナが頭を下げた。

「申し訳ございません。私が大奥様に報告しました。よもや王都までいらっしゃるとは思いませんでした」

「来てしまったものは仕方ない。それより、これからどうするかだが……」

「あの、私、やっぱり家に帰ります。最初からそうするべきだったんです」

せっかくこの屋敷に慣れてきたし、まだ読みたい魔導書もあるので残念ではあるが、すぐにここを出たほうがいいだろう。

「それはダメだ。二週間後に王宮舞踏会があって、今は地方の貴族たちが続々と王都入りしている。ハーシェル伯爵夫妻もこちらにいらっしゃるはずだ。それまでは私が責任を持ってお預かりすると手紙に書いた」

同じ王都内の移動なのに大袈裟な、と思うけれど、カイル様は至極真面目に反対する。

「大丈夫ですよ。護衛もいますし、防御魔法を付与したアクセサリーをいくつか持っているんです」

領地を出立する前に、お父様が大盤振る舞いでネックレスやブローチを買ってくれたので、結界や魔法攻撃回避などの魔法を付与しておいたのだ。だから危険はないはず……なんだけれど、カイル様は浮かない顔をしている。

「違う」

「は？」

「だから、その……仕方ない。場所を変えて話そう」

カイル様はためらった末にジェナをその場に残して、私を連れ出した。


結界をくぐり、着いた先はカイル様の執務室だった。ここなら邪魔が入らないとの判断だろう。

室内の机には書類が乱雑に置かれ、白い壁に歴代当主……カイル様のお祖父様とお父様の肖像画が並んで飾られていた。二人ともこの国の王侯貴族によく見られる銀色の髪で、穏やかな表情の中にも凛としたたたずまいがある。左側に掛けられた青紫の瞳の紳士が先代当主だろう。改めて見ると母親似のカイル様にも先代の面影がある。美男という共通点は王家の血筋のせい？

ほかに先王などエルドン家に縁があると思しき人物を描いた絵が何枚かあるけど、花や置物は飾られていない。ここには必要最小限の調度品だけのようだ。

私が黒い革製の応接ソファに腰かけキョロキョロしている間に、カイル様は素早く防音魔法をかける。そして自身もソファに身を沈めてからゆっくりと話し始めた。

「シャノン嬢は、先日私が『確認しなければならないことがある』と言ったのを覚えているか？」

「はい。縁談とは別件なんですよね？」

「そうだ」

じゃあ、やっぱり……。私はジミーが『パクリ』『ピンハネ』と言っていたのを思い出し、疑われる前にきっぱりと否定しておくことにした。

「カイル様、私は天と精霊王に誓って悪いことはしていません！　開発商品が盗作でないことは、特許を確認していただければ証明できます。不当な利益を得ていないことも我が家の帳簿を――」

「落ち着きたまえ。誰もシャノン嬢が不正をしているとは思っていない」

カイルは冷静に私の言葉を遮った。

「そう、ですか」

安堵で肩の力が抜ける。では、なんだろう？　背筋を正して、カイル様の言葉を待つ。

「これは本来ならば、ハーシェル伯爵に了承を得たうえで話すべきことだ。だが、母がここにいる以上、シャノン嬢は別宅に移ったほうがいいだろう。だから多少憶測が混じるが話すことにする。別件とは、君の出自のことだ」

「出自？」

キョトンとなる。私の生まれがどうだというのだ。

カイル様は頷き、続けた。

「『体が小さいことを恥じて、社交界デビューもせず領地に引きこもっている伯爵令嬢』。それがシャノン嬢に対する私を含めた貴族たちの共通認識だ。社交界の華であるハーシェル伯爵夫人とベティ夫人の陰に隠れて誰もその姿を知らない。貴族令嬢としては異例だが、実際に君と会ってみて合点がいった」

「小さいからですか？　社交界での悪評は貴族の娘として致命的ですよね」

「違う」

「え？」

「その瞳だよ。青紫の瞳はピチュメ王国の王族の色だ。国交もあまりない遠い国のことだから、知っているのは一握りの上位貴族くらいだろうが」

「あの、カイル様も青紫の瞳ですよね？」

「私はピチュメ王族の血を引いている。祖母が第三王女だったから」

カイル様曰《いわ》く、精霊信仰の強いピチュメ王国では、青紫は王族の色であるとともに精霊王の色として尊ばれている。側妃の子だった第三王女は、青紫の瞳でなかったために虐《しいた》げられていたらしい。それゆえ王家の血を国外に出すことを嫌うお国柄にもかかわらず、まるで厄介払いされるかのように遠く離れた我がヨゼラード王国の王弟のもとへ、たった一人で嫁いでこられた。その息子が先代公爵であるカイル様の父親だ。

「私と父は青紫の瞳を持って生まれた。これがさしたる問題にならなかったのは、ピチュメ王国から遠く離れた地だったことと『虹の瞳』ではなかったからだろう。かの国の王位を継ぐには、『虹の瞳』であることが絶対条件だ。つまり王位継承権はないと判断された」

「へえ、『虹の瞳』ですか。なんだかおとぎ話みたいで素敵ですね」

のほほんとした口調の私に、カイル様は「何を他人事みたいに」と剣呑とした視線を向ける。

「シャノン嬢、君の虹色にきらめく瞳は間違いなく『虹の瞳』だ」

「えええええっ⁉」

防音魔法をかけておいてよかった。でなければ屋敷中に私の叫び声が響いただろうから。だって、あり得ない。ハーシェル家にピチュメ王国の血は入っていないはずだ。ましてや王家なんて。

「ジェナから、過去にハーシェル家とピチュメ王国との縁組はないと聞いた」

「そうですよ。私は生粋のヨゼラード人です」

肯定しつつ、だからジェナに質問攻めにされたのだと気づいた。きっと彼女も青紫の瞳の意味を知っていたのだ。

「ならば、可能性は一つだ。君はハーシェル伯爵の実子ではない」

『冷酷』の名にふさわしく、カイル様は淀《よど》みない口調で親子のデリケートな問題に淡々《たんたん》と斬り込んできた。その衝撃で私は、息ができずに胸を押さえる。

「す、捨て子ってことですか!?」

動揺のあまり吐き出した言葉は、我ながら納得いくものだった。血が繋がっていないから、チビで平凡な容姿なのだと。

「どうしてそんな発想になるんだ。どう見ても君はハーシェル伯爵夫人の娘じゃないか。瞳の色以外は、髪色も瞳の形も顔の輪郭も同じだ」

切れ長の瞳をさらに細くした呆れ顔のカイル様に指摘される。

「そうですか?」

「そうだろう」

確かに私はお母様と同じミルクティー色の髪だ。私がお母様の子であるならば、もう一つの可能性は……と考えて、サーッと血の気が引く。

「まさか、お、お母様が不倫? あり得ませんっ。両親は愛し合っているんです!」

妄想を振り払うように、ブンブンと頭を振る。

お母様には異性を魅了する華やかさと美貌があるが、お父様を愛しているし隠れて浮気ができるほど器用な人ではない。何かの間違いだ。

「落ち着いて。ただの可能性だから」

「そ、そうですよね…………」

私は冷静になろうとスーハーと深呼吸する。

「憶測だが、シャノン嬢の父親は私の父である可能性が極めて高いと考えている。なぜなら祖母以降、ピチュメ王国の王族は一人もこの国に足を踏み入れていないからだ。私の子というのは無理があるから、残るは父しかいない。ということは君は異母妹……あ、いや、だから落ち着いて？　あくまで可能性の話だから」

話を聞きながらだんだんと呼吸が荒くなっていく私を見て、カイル様がたじろぐ。

「そんな言い方、ほぼ確定じゃないですか！」

「入国の記録がないだけで、誰かが秘密裏にということもあり得るし、可能性は低いが祖母に父以外の子がいたのかもしれない。だが今重要なのは親が誰なのかではなく、シャノン嬢が『虹の瞳』を持っていることだ。厄介なことに現在ピチュメ王国には、国王と二十九歳の王太子しかその瞳を持つ者がいない。君は王位継承権第二位ということになる」

「王位継承争いに巻き込まれかねないってことですか。そんな物語みたいな話、ありっこないです」

「君の瞳は見る人が見ればわかる。社交場に出れば、間違いなく噂になるだろう。貴族の出入りする店も危ない。さっきも言ったように、今は国内の貴族たちが王都に集まっているから、一度噂が広まればもう取り返しがつかない。平穏を望むなら、君にとって王都は危険な場所だ」

「はあ……」

王都は危険。領地の外は危ない……ずっとお母様に言い聞かせられてきた言葉だ。それは盗賊や魔物ではなく、このことだったとしたら？　私を表に出さなかったことと、カイル様との縁談を頑なな態度で反対していた理由に説明がつく。

私は本当にお母様の不義の子なのだろうか。そうだとしたら、お母様に説得されるまで私を貴族に嫁がせようとしていたお父様は、このことを知らないのだと思う。

「王侯貴族にとって噂は武器なんだ。結界魔法付きアクセサリーは通用しない。噂を聞きつけたピチュメ王国から、王太子の側妃になんて申し入れがあるかもしれないし、魔法付与師を続けるのが困難な状況に陥《おちい》るかもしれない。覚悟はあるのか」

覚悟があるのか——。

急に言われても、正直、情報量が多すぎて頭の処理能力が追いつかない。でも考えなくちゃ。

ピチュメ王国の王位継承権だなんて、王位に祭り上げようとする者、利用しようとする人々、快く思わない一派が入り乱れ、命を狙われたり不本意な政略結婚をさせられたりする未来しか想像できない。王太子の側妃？　あり得る。『虹の瞳』同士で番わせ子を産ませるなんて、お偉いさんの考えそうなことだもの。

ぶるりと体が震え、自身の肩を抱きしめた。

私は魔法付与師を続けながら、できれば結婚をして平凡な家庭を築き穏やかに生きていきたい。王位や権力闘争に興味はないのだ。

「覚悟なんてありません」

私が力なく頭を振るとカイル様は頷いた。

「ここは王都の外れで来客もないから匿《かくま》うには都合がよかったんだが……すまない。母があの調子では、何をするかわからない」

「そういうことなら仕方ありません」

エルドン前公爵夫人にとって、私は夫の隠し子かもしれないのだから嫌われるのは当然だ。彼女も私を見て、すぐにこの瞳に気づいたのだろう。会った瞬間、激怒されるわけだ。

「シャノン嬢は悪くない。こうなったのは私がファレル侯爵夫人と取り引きしたせいだ。ひとまずシムズ川沿いに私名義のアパートメントの部屋があるから、そこへ移ろう」

カイル様がギシッと音を立ててソファから立ち上がった。

私もあとに続き退室しようとすると、目の前のカイル様が急に立ち止まったので危うくぶつかりそうになる。

「この方が祖母だよ」

扉の手前の壁に、小さな肖像画が飾られていた。そこには儚《はかな》げに微笑む、豊かな金髪と薄紫の瞳をした淑女が描かれている。卵型の顔はカイル様に受け継がれ、ぱっちりとした大きな瞳と紅色の小さな唇は少女のように可憐《かれん》だ。

「こんなにお美しいのに――」

単に青紫の瞳ではないというだけで虐げられてしまうなんて。

「そういう国なんだ。現に王太子も国王の実子ではない。王妹の息子……甥《おい》だよ。国王には側妃が三人もいたが誰一人『虹の瞳』を授からなかった」

その王太子には正妃と二人の側妃がいるが、子どもたちの瞳はいずれも普通の青紫色だそうだ。

「むこうに『虹の瞳』が生まれれば一安心なんだが」

「そうなんですか？」

「即位するには、後継の『虹の瞳』がいることが条件なんだ。現王の年齢を考慮すれば、王家はかなり焦《あせ》っているはずだ。君の存在を知ったら、彼らはすっ飛んでくるだろう。逆に即位さえしてしまえば、わざわざこんな遠方の国に来てちょっかいをかける理由はない」

もし国王に何かあったとき、王太子が即位できない状態では「精霊王に認められていない」ということになり、王家の権威を保てないらしい。それを避けるためにはなんでもするが、安泰ならば放置というわけか。王家が体面を気にするのは、どこの国も同じだ。

「なんか面倒くさいですね、王家って」

「そうだな」

自身の平和のためにも、ピチュメ王国の王太子が即位するまで静かに隠れていよう。そうしよう。


カイル様が手配したシムズ川沿いの三階建てアパートメントは、弁護士や教授など比較的裕福な平民が住まうエリアにあった。

対岸には王宮と貴族たちの屋敷が建ち並ぶ一等地があり、この場所に居を構えられるか否かが貴族のステータスの一つとなる。

ちなみにハーシェル家のタウンハウスもその一等地の端っこに建っていて、連棟式住宅《テラスハウス》ではなく小さいながらもちゃんと独立した屋敷だ。まだ行ったことはないけれど。

「うわぁ、シムズ川を一望できるのね。見て、あれが王宮よ!」

寝室の窓から、対岸の街並みを眺める。ひときわ目立つ青い屋根の大きな建物が王宮だ。ずっと憧れていた王都にいるのだと思うと嬉しくて、ついはしゃいでしまった。

「気持ちいいっすね」

「あとで散策してみましょうか」

何もわからないまま、文句も言わずについてきてくれたグレタとジミーが、到着早々呑気に話をしている。

『虹の瞳』や、まだ定かではない私の出生について何をどう話したらいいのだろう。それとも当面の間、黙っているべきか。

「二人で行ってらっしゃいよ。ついでに買い物をしてきてほしいの」

「でしたら、シャノン様もご一緒に」

「そうっすよ」

グレタとジミーは完全に観光気分である。

ここには下働きがいないのでグレタの生活魔法が頼りだし、食料の買い出しもしなければならない。やはり二人の協力は必要不可欠だと考えを改めた。

「実はね、私たちは潜伏中なの。敵を欺《あざむ》くため、隠密行動を心がけなければならないわ」

グレタとジミーは顔を見合わせている。

「逃亡中ってことですか。小説みたいでカッコイイっす！」

「何をやらかしたら、そんな展開になるんですか」

逃亡じゃないし、何もやらかしていない。普段、私はこの二人からどう見られているのだろうか。

「何もしていないわよ。私、ピチュメ王国の王家の血筋なんですって」

私はカイル様に教えられた『虹の瞳』について一から説明し、力になってほしいとお願いした。

そして二人はポカン顔で、この突拍子もない話を受け入れてくれたのだった。

＊＊＊

「ねえ、あなた、今日の夕食は何がいいかしら？」

「そうだな、君の愛情がたっぷり入ったポトフが食べたいな」

「わ、わかったわ。鶏肉と玉ねぎを買って帰りましょう」

「グレタ姉さん、ソーセージとサラミも欲しいわ。あとはリンゴと白カビのチーズ、それから……」

「おじょ……いや、シャナはちょっと欲張りすぎじゃないか？」

「そうかしら？」

「そうっすよ」

「じゃあ、ジミーお義兄さんだけ食後のデザートは抜きでいいのね？」

「そりゃ、ひどいっす！」

私とジミーが言い争いを始めたので、その間にグレタが肉屋の店主に注文している。

「奥さん、ポトフにするなら、こっちのベーコンもおススメだよ」

「そうねぇ、どうしようかしら」

「買うなら、試作のスモークベーコンをおまけしよう。クルミのチップで燻してあるから、クセがなくて美味しいよ」

気のいい店主の売り込みに押され、グレタは「それもいただくわ」と財布の紐を緩めた。

それからぐるりと市場を巡り、チーズと玉ねぎとリンゴ、翌朝のためのクロワッサンを買う。

荷物持ちのジミーは「買いすぎだ」と不満を漏らしつつも、軽々と抱えている。

カイル様のアパートメントに落ち着いた私たちは、とある領主に仕える護衛ジミーとその妻グレタ、私は妻の妹シャナという設定で暮らしていた。結婚祝いに長期休暇が与えられたので、知り合いの部屋を借りて王都観光を楽しむ新婚夫婦ということにしてある。

掃除洗濯はグレタの浄化魔法《クリーン》、食事は私がスープを作っている。ベンに料理を習っておいてよかった。

当初、カイル様は使用人を派遣しようとしていたけれどお断りした。気を遣うし、信用できる人かどうか私には判断できなかったから。

ここへ移ってきてすぐにグレタに眼鏡を買いに行ってもらい、外出時にはそれをかけている。というのも髪と皮膚《ひふ》の色は染粉や魔法で変えられるが、瞳の色だけはどうにもならないのだ。特級魔法師のカイル様でも変えられない。誤魔化せないからこそ、ピチュメ王国でも特に瞳の色が重要視されているのだと言える。

幸い高位貴族のいる一等地からは離れていることだし、瞳の色さえ見えなければ外出してもいいのでは？　と考えて、アンバーカラーのレンズを入れた色付き眼鏡で隠すことにしたのだ。もう五日経つが、なかなか快適である。

「付与率二十三パーセント……これでよし、と」

「また魔法ですか。熱心っすね。今度はなんですか？」

「色付き眼鏡の女性ってめずらしいから、怪訝な目で見られるでしょう？　だから眼鏡に魅了を少しだけ付与して、好印象になるように操作してみたの」

私はアイディアノートに記録しながらジミーの質問に答えた。

この眼鏡はかけている間だけ相手を魅了するようになっていて、付与率百パーセントになると溺愛・執着の領域、八十パーセントで恋愛感情を抱かせることができる。五十まで下げても買い物するたびに〝おまけ〟をもらう羽目になるので、ほどよい好印象はなかなか難しいのだ。

「なるほど、そういうことですか。でもだからって、オレを実験体にするのやめてほしいっす。グレタに捨てられたらどうしてくれるんですか」

ジミーが涙目で訴えてきた。彼はグレタに一途だから、嫌われたら生きていけないかもしれない。

「大丈夫、事前にグレタに承諾を得たから。というか魅了の眼鏡をかけるなら、しっかり検証してからにしろと言ったのはグレタだから」

前回の実験中に私に愛の告白をしたことなど気にしなくていいと告げるとジミーは「そういう問題じゃないっす」とあからさまに肩を落とした。

「私は気にしていませんよ」

話を聞いていたグレタが、ジミーの頭を撫でて慰める。

するとジミーが、グレタをぎゅっと抱きしめて「君への愛が魅了に負けるなんて情けないっ。精神修行を一からやり直す！」と叫んだ。

良心の呵責《かしゃく》を感じた私は、翌日二人に休暇を与えることにした。

王都に来てからずっとこちらの都合で振り回してばかりだったので、まともなデートをする余裕なんてなかったはずだ。これでは主人として失格である。

「本当によろしいのですか？」

グレタに何度も確認された。

「いいのよ。食材は十分あるし、今日は一日、本を読むつもりだから」

「お土産、買ってくるっす！」

あんなにしょげていたのが嘘のように、ジミーは嬉しそうにグレタの肩を抱く。

「いってらっしゃい、ゆっくりしてきてね」

私は二人が意気揚々とアパートメントを出て行ったあと、本棚からピチュメ王国に関する薄い書物を取り出し、居間にある臙脂《えんじ》色のカウチソファに腰かけた。

『ピチュメ王国の人々』――表紙の文字をなぞり、ページを開く。

ヨゼラード王国とピチュメ王国の国交はほとんどない。大陸の北と南。端と端で遠く隔てられているため、中央のヴェハイム帝国を介して物品のやり取りすることが多いからだ。

あまり情報が入ってこないため、私の持っている知識はこの国の民とは違い小柄な民族であることと精霊信仰が盛んなことくらいである。国王の実子を差し置いて『虹の瞳』の王族が王位を継ぐことも、カイル様に教えられるまで知らなかった。

カイル様がピチュメ王国の情勢に詳しいのは、おそらく独自の情報網を持っているのだろう。自身がピチュメ王族の血を引く以上、『虹の瞳』が生まれる可能性があるから無関心ではいられないはず。

「虹の瞳……あった。青紫に虹のきらめきを纏う瞳……王家の血筋のみに生まれてくる。精霊王の祝福を受けた初代国王の瞳に由来し、この瞳を持つ者は精霊の愛し子であると言われている……か」

化粧箱から手鏡を取り出し覗き込んだ。青紫の瞳の奥に七色の光彩が宿り、顔の角度を変えるたびにキラッと輝く。昔、お母様がキレイだと褒めてくれた……これが『虹の瞳』だというの？

精霊信仰とは、精霊王を唯一の神とする教えだ。それに対してヨゼラード王国では、精霊王を敬いはするけれど神とは別だと考えている。つまりピチュメ王国は、神に祝福された一族が支配する国なのだ。精霊の……いや、神の愛し子である国王は、民の心の支えとなる特別な存在なのだろう。ゆえに瞳の色は王家の求心力に直結するため、極めて重要だ。次代の王となる『虹の瞳』がいないことは国が乱れる凶兆であり、カイル様のお祖母様のような薄紫の瞳は不吉とされてもおかしくない。

正直、まだ実感が湧かない。カイル様の勘違いじゃないかと頭の隅っこで考えてしまう。

一息入れようとキッチンでお茶を淹れ、チーズとスモークベーコンを切って皿に盛る。マホガニー製の丸いサイドテーブルに置いて、再びカウチソファに足を伸ばして座った。

ペラペラと本のページをめくる。国の成り立ち、年に一度の精霊祭、民の暮らし、王家の系図……すぐに読み終わってしまう。あいにく、本棚にあるピチュメ王国に関する本はこれだけだった。

こんなことならエルドン公爵邸の図書室で何冊か読んでおけばよかった。

仕方がないのでフォークでベーコンをつつきながら、王家の系図を眺める。

「本当に国王の実子じゃなくても王位を継げるのねぇ……」

現王は先王の兄の息子だし、三代前は王族と妾の間にできた子が王位を継いでいる。系図を見る限り『虹の瞳』はランダムに誕生していて規則性は見つけられない。

どうして私なの？　と思う。

精霊の愛し子という言葉は、精霊信仰が盛んではないこの国でも一般的に知られている。

魔導書によれば、魔法は精霊王からのお恵みらしい。生まれつきの魔法の資質は精霊の気まぐれによって決まるという説が有力で、精霊の愛し子は魔力が高いと考えられている。

それが本当ならば魔法の付与しかできない私は、精霊の愛し子のはずがない。何が『虹の瞳』だ。

結局のところ青紫の瞳に纏う虹色なんて、王族のただの特徴にすぎないのではないか。

そんなことを考えているうちに、つい、うとうとと寝入ってしまった。


どのくらい時間が経ったのだろう。来客を知らせる魔法ブザーがビーッと鳴り、心地よい微睡《まどろ》みを破った。

「だ、誰っ……!?」

びっくりして跳ね起きる。時計を見れば、まだ昼過ぎだ。グレタとジミーが帰ってくるには早い。

訪ねて来るような知り合いはいないし、まさかピチュメ王国の……そんなわけないか。よし、居留守を使おう。

ビーッ、ビーッ、ビーッ。

無視しているのに、ずっと鳴り続けている。単調な低音が恐怖心を煽る。思わず耳を塞《ふさ》いだ。

ビー……。

しばらくして執拗な呼び出し音がやんだ。ホッとして、床にうずくまる。

胸に結界付与の首飾りがあるのを指で確かめ、落ち着こうと心に言い聞かせた。大丈夫、大丈夫だ。

ゆっくり立ち上がると、今度は玄関の扉がドンドンッと叩かれ心臓が跳ねた。

息を殺しておそるおそる扉に近づいたそのとき――。

「私です。シャノ……いえ、シャナ様っ！」

「え？」

聞き覚えのある声に安堵して、反射的に扉を開ける。

ハリーだ。

息を切らせて室内に滑り込む勢いそのままに、私は抱きしめられていた。

「よかった、ご無事で……」

ハリーの胸、というよりは少し下のみぞおち辺りに顔を埋め「どうして？」と尋ねた。今まで指一本触れられたことがなかったから混乱する。いきなり現れるなんて、一体どうなっているの？

「シャノン様に何かあったらと思うと、じっとしていられなくて」

頭の上から降ってくる甘いバリトンの声を聞いて泣きそうになる。

ああ、やっぱりこの人のことが好きだ。

4章

「心配、したんです」

ハリーの腕に力がこもった。

「ごめんなさい」

気が動転して咄嗟に謝る。ハリーからは、必死さと言葉に嘘がないことだけは伝わってきて――。

「必ず戻ってこいとおっしゃったのに、黙っていなくなるなんて」

「ごめんなさい」

そのとおりだ。必ず帰ってくるように命じておきながら、勝手にいなくなった。せめてエルドン公爵家の縁談のことを手紙で知らせ、謝るべきだったのに。

「いいえ、私が悪いんです。ベティ様との仲を誤解していたと、サイラス様から聞いて驚きました。私がしっかりしていれば、疑われることなんてなかったのに」

「誤解……だったの？」

半信半疑でみぞおちに埋めていた顔を上げると、ハニーブラウンの瞳と目が合う。

「私がお慕いしているのはシャノン様です。あなたのことが、ずっと好きでした」

まっすぐな告白だった。この瞬間、もう死んでもいいと思う。

これは夢？　だって私の知るハリーは、どちらかというと無口で、何事にも慎重で、こんなふうに衝動的に行動するような性格ではなかったはずだもの。

「突然、迷惑ですよね。私はシャノン様にとって、兄のような存在でしたから」

迷惑なわけがない……すぐに声が出てこなくて、必死に頭を振った。

「でも、もう一度会えたら、絶対に自分の気持ちだけは伝えようと心に決めていました」

そう言って、はにかんだような表情を浮かべる。

「私も……私もずっとハリーが好きだったわ。婚約できると聞いて嬉しかったの」

「両想い……だったんですね。もっと早くお伝えすればよかった」

ハリーは声に後悔をにじませて、ほう、と息を漏らした。

両想い――。

目頭が熱くなる。私は堪えきれず泣き出し、みっともなくヒックヒックと肩を揺らしてしゃくりあげてしまった。

ハリーは私が落ち着くまでの間、優しく背中をさすり続けてくれた。


「ジミーとグレタが、サイラス様に状況を報告しに来たんです。シャノン様の危機だ、と」

居間に場所を移しカウチソファに横並びに座ってから、ハリーはここへ来た理由をそう説明した。

どうやらあの二人は、デート前に屋敷へ立ち寄ったらしい。

クリントン兄弟は次期当主のサイラスに仕えるよう教育されているから、報告がいくのは不思議ではない。口止めもしていなかった。こちらの事情はすべて筒抜けで、当然、カイル様との破談もバレているということだ。

「びっくりしたでしょう？　私もまだ混乱していて、これからどうしようかと悩んでいるの」

「簡単ですよ。ベティ様は離婚しませんし、エルドン公爵との婚約はまだ正式に結ばれていません。王都が危険なら、領地で静かに暮らせばいいだけです」

ハリーはこともなげに言う。

「そういえば、行儀見習いとしてエルドン家に滞在すると、お父様に言われていたんだっけ」

「降って湧いたような突然の縁談に、旦那様も警戒しておられたのでしょう。王宮舞踏会に出席するために、あと数日もすれば王都にいらっしゃいます。そうしたら正式に白紙に戻るはずですよ」

「私は、ハーシェル家の娘でいられるのかしら……」

もしお父様の子ではないのだとしたら、すべて今までどおりというわけにはいかなくなる。カイル様と話し合いの場を持てば、『虹の瞳』についても触れざるを得ないだろう。お父様に不義の子を受け入れてくれとは言えない。家を追い出されてもおかしくないのだ。

募る不安を和らげるように、ハリーが私の手を温かく包んだ。

「たとえあなたがどこの誰でも、私と結婚して家族になればいい。旦那様が反対なさろうとサイラス様がお許しになります」

「サイラスが？」

「特許の権利を譲渡なさったでしょう？　驚いていましたよ。でもそのお陰でサイラス様は、次期当主としての存在感と発言力が増したんです。特許の使用を許可しないとなれば、ハーシェル家の事業は立ち行きませんからね。今日も『これ以上、横槍《よこやり》が入らないように既成事実でも作ってこい』と送り出されました」

「へ？」

既成事実？　あのサイラスが？　そんな不品行なことを言う子ではなかったはずだ。それとも王都という都会は、純朴な青年をいとも容易《たやす》く変えてしまうのだろうか。

「あ、そうそう、ジミーとグレタは戻りません。代わりに私が今日からここで暮らします」

「ええっ!?」

仰天する私を尻目に、ハリーは平然と「よろしくお願いします」とのたまった。両家の話し合いが終わって迎えが来るまで、二人きりだという。

さっそくサイドテーブルの皿を見られ、食事はしっかり取るように注意されてしまった。

「鍋にポトフがあるのよ。私が作ったの」

「シャノン様が料理を？」

「エルドン家の料理人に教わったのよ。味は保証するわ」

私はポトフを温め、ハリーは慣れた手つきでベーコンを焼きパンとチーズを切った。次期当主を生活と領政の両面から支えられるように、執事見習いになる前から家事は一通り仕込まれているのだそうだ。

「なんだか新婚みたい」

キッチンに二人並んでいると夫婦みたいだ。ただし、貴族は料理などしないから庶民の。てっきり「令嬢らしくない」と叱られるかと思いきや「新婚ですよ」と返された。

「一つ屋根の下で男女が夫婦同然に暮らす……既成事実ってやつです」

年頃の娘が同棲なんて、とんだ醜聞である。もう他所へは嫁げないってわけだ。

「いいわよ。こうなったら既成事実を作ってやろうじゃない。しくじったら、サイラスに責任取ってもらうわ」

サイラスが焚《た》きつけたのだから、最後まで面倒を見てもらおう。そういう意味で言ったのだけれど、

「この場合、責任を取るのは私です」とハリーに真顔で指摘されてしまい、ちょっと照れる。

ポトフとベーコン、チーズ入りオムレツというまともな食事を終えたあと、ハリーが紅茶を淹れてくれた。声を上げて泣いたせいで喉がガラガラだったので、角砂糖を三つもカップに沈める。

「そうだわ。ベティお姉様の件は、本当に離婚はないのよね？」

いろいろありすぎて危うく聞き流すところだったけれど、ここへ来たということは、必要な情報を集め終わったのだろう。

「はい。ファレル侯爵に直接確認しました。今後もハーシェル家の事業に投資してくださるそうです。それにお忘れかもしれませんが、あのお二人は学生時代からの恋人同士ですよ」

「そう言われても二人でいるところを見たことがないから、ピンと来なくて。それじゃハリーと愛し合ってるだなんて、結局、いつもの冗談だったってこと？」

「すぐバレる嘘なんですけどね。私が否定すれば終わりなんですから」

「んもうっ、まったく人騒がせなんだから。あ……」

そこで気づいた。あのとき、到着したばかりのベティお姉様は、ハリーが王都へ向かい不在だったことを知らなかったはずだ。プライドが高く自分から嘘を白状するような性格ではないから、意地を張って言えなかったのかもしれない。

「本当ですね」

ハリーはクスッと笑う。それから、私が二人の仲を誤解する発端となった出来事の真相を話してくれた。酔っぱらって抱きつかれたのだ、と
ベティお姉様の酒癖が悪いだなんて初耳だ。どうやら、いつもアビーが解毒魔法で酔いを醒ましていたらしい。誰彼かまわず絡んで醜態をさらすたびにお母様に叱られ、あの日を境にとうとうハリーが貯蔵室の管理を任されることになってしまったそうだ。ほかの使用人ではベティお姉様に抵抗できず、高級ワインがどんどん持ち出されていたのだ。仕事が増えたハリーは、とんだとばっちりである。

「私、ベティお姉様のことをもっと完璧な人かと思ってたわ。美人で成績優秀だったし、モテたでし

ょう?」

「猫かぶりなだけですよ」

「辛辣ね」

「そりゃ、大切な人を失うところだったんですから」

その夜は幸せだった。

世界で一番好きな人にプロポーズされ、指輪を贈られたからだ。ファレル侯爵領の帰り道、ルビー鉱山で有名なリカントの街に寄って手に入れてくれたという美しい宝石は、私の左手の薬指にぴったりとはまった。

情熱の象徴とされる赤いルビーは『愛の炎』と呼ばれ、熱愛中の恋人たちに人気がある。私も好きだけど、何よりハリーがいつも身に着けているネクタイピンとおそろいの宝石なのだ。

「永遠《とわ》の愛を天と精霊王に誓います」

誓う相手が女神だったり、精霊王だけだったりと国によって違いはあるものの、これが世界共通のプロポーズの定番である。神様《天》と精霊王の両方に誓いを立てるのがこの国の流儀だ。

イエスの場合は、「永遠の愛をあなたに捧げます」と返事をしてキスを交わす。ノーの場合は「この誓いは天と精霊王がお認めになりません」と返事をすればいい。相手を慮り、あくまで自分の意思ではないように装うのがミソである。

私はもちろんハリーの求婚を受け入れ、初めてのキスをした。

一生、忘れない。

＊＊＊

翌朝、爽やかに目覚めると、部屋中に花びらが舞い、お花畑のような光景が広がっていた。

「これは夢なんだわ。立て続けにいろいろなことが起こったから、頭がおかしくなっちゃったんだ」

もう一回寝よう……ゴロンと横になる。目を閉じようとしたところで、隣で眠るハリーが身じろぎをした。その直後、ガバッと飛び起きる気配がする。

「うわっ！　シャノン様、起きてください、シャノン様っ」

「ハリー、これは夢よ。疲れてるのよ、私たち」

うとうとしながら答える。すると子どものような幼い声が、あちこちから聞こえてきた。


〝夢じゃないよ～〟

〝そーそー、精霊の祝福なの〟

〝おめでとー〟

〝幸せにね～〟


私はのそりと起き上がり、キョロキョロと辺りを見回す。誰もいない。

「き、聞こえた？」

「はい。聞こえました」

ハリーに尋ねると、しっかりと頷く。夢じゃないんだ。

部屋いっぱいの花びら。まだ降り注いでいる。なんの魔法だろう？

「もしかして、誰かに覗かれているんじゃ……」

人のプライバシーを覗き見するなんて変態だ。背筋がぞくっとする。けれど怖がる様子を面白がるように、笑いを含んだ声が私たちに語りかけてきた。


〝違うよー〟

〝違う、違う〟

〝精霊の祝福だってば〟

〝そーそー、これは祝福なの〟


「精霊の祝福ってなあに？」

子どもの声に問いかける。誰かの魔法でないなら、きっと精霊だ。

精霊の声が聞こえるという現象は稀にあることだと、魔導書には記されている。初めてのことで、まだ信じられない気分だけれど。


〝虹の瞳〟

〝精霊王に誓ったでしょー〟

〝愛し合ったの〟

〝だから祝福なの～〟


「ええっ、私たち、まだ愛し合ってないのよ？　こ、これは夜更かしして力尽きただけなんだから。

その証拠に、ほら、ちゃんと服を着ているもの」

眠るのが惜しくて、寝台に座ってホットミルクを飲みながらおしゃべりしていただけ。やましいことなど何もない、清い関係なのだ。


〝チューしたでしょ〟

〝チューした〟

〝誓いのキス〟

〝愛し合ってるの〟


精霊たちがクスクスと笑いながら、しきりに〝チューした〟と冷やかす。

「プロポーズしたことですか？　あれは精霊にとって誓いの儀式だと。それで祝福を？」

ハリーが頬を赤らめた。


〝そーなの〟

〝そーそー、祝福はね〟

〝虹の子だけなの〟

〝愛し合わないと〟

〝生まれないの〟


虹の子だけ……これは、『虹の瞳』を持つ者だけに祝福が授けられるということだろう。だけど、愛し合わないと生まれないというのは？

「『虹の瞳』と愛し合って生まれた子が、『虹の瞳』を持って生まれるという意味かしら。だとすると先代公爵は『虹の瞳』じゃないから、私の父親ではないってことになるわよね？」

「さすがにその条件だけではないでしょう。あの国の『虹の瞳』は国王とその甥の王太子だけなんですよね？　ならば王太子の親は『青紫の瞳』のはずです。愛し合う男女からしか『虹の瞳』は生まれないという意味じゃないですか。そして『虹の瞳』と相手が愛を誓い合ったときに精霊の祝福がある、と」

なるほど、ハリーのほうが頭の回転が速い。つまりピチュメ王族の『青紫の瞳』と『虹の瞳』の違いは、相思相愛の親から生まれたかどうかで決まる。そして『虹の瞳』が愛する人に求婚するなりして、精霊王に愛を誓うと精霊たちから祝福されるということなのだろう。今の私たちのように。


〝そーだよぉ〟

〝そーそー、祝福しないとね〟

〝精霊の声、聞こえないの〟

〝愛し合わないから〟

〝虹の子、生まれないの〟


精霊たちは、〝生まれない〟と口々にさえずる。

ピチュメ王国の王と王太子が、何人も側妃を娶《めと》っているのに一人も虹の子が生まれないのは、誰とも愛し合えなかったからかもしれない。王侯貴族に愛のない政略結婚はつきものだ。特に国を背負う王ともなれば、好き勝手に妃を選ぶことなどできなかったのではないだろうか。

「もし王太子が、今からでも愛する人にプロポーズしたら『祝福』されるのかしら……」


〝そーそー、愛し合っていたら〟

〝祝福するよ～〟

〝精霊の声、伝えるの〟

〝改竄《かいざん》されてる〟

〝精霊の書〟

〝やっと、本当のこと〟

〝教えられるの〟


そしてまた口々に〝改竄〟と〝精霊の書〟とを繰り返す。

「精霊の書って何かしら？」

精霊たちは答えない。〝精霊の書〟と繰り返すだけだ。なんだろう。カイル様ならわかるだろうか。

「誰かが精霊の書を改竄したんですね？　なんのためですか？」

精霊の書はひとまずおいておいて、ハリーが質問を変えた。


〝トイフェル、悪いやつ〟

〝野心のため〟

〝娘と結婚させるため〟

〝権力のため〟

〝改竄したら〟

〝虹の子、だんだん生まれなくなったの〟

〝精霊王の誓いはね〟

〝嘘はダメなの〟

〝トイフェルが愛を消したから〟

〝虹の子、生まれない〟


精霊たちの声が集まり、どんどん大きくなる。〝生まれない〟と繰り返し訴えている。何度も何度も。

花びらの隙間のあちらこちらで、小さな光の玉が蛍《ほたる》のようにチカチカとまたたきだした。

「トイフェルが野心のために自分の娘を王族と結婚させようとして、精霊の書を改竄した。それ以来、愛し合って生まれるはずの虹の子が生まれづらくなった……ということでしょうか？」

ハリーの問いかけを肯定するように、精霊たちの声がピタッと静まった。

「虹の子が生まれないと祝福もされないから、精霊の声を聞ける人もいないってことになるのよね」

だから今まで、精霊たちは精霊の書の改竄やそのほかの間違いを訴えられなかったんだ。魔導書にある精霊たちの声が、こんな条件付きだったなんて……。


〝そーそー、精霊の声、聞こえない〟

〝愛がないとダメなの〟

〝嘘の誓いはダメ〟

〝愛がないと祝福できないの〟

〝忘れないで〟

〝おめでと～〟

〝幸せにね～〟

〝おめでと～〟


次第に精霊たちの声が〝おめでと～〟と寿ぎ一色に染まった。

「ありがとう。ハリーを幸せにして、私も幸せになります」

お礼を言うと、キャハハと嬉しそうな笑い声が飛び交う。

ハリーも私の肩を抱き寄せて「シャノン様を幸せにします」と精霊たちに宣言してくれた。

その瞬間、呼応するかのごとく光の玉が一斉に明るさを増す。まばゆい輝きのなか、しばらく弾けるような明るい笑い声が響いていたが、徐々に小さくなっていった。完全に精霊の気配がなくなると同時に花びらも消えた。

「行っちゃった……」

夢のようで夢ではない。その証しに、むせかえるような甘い花の香りが漂ったままだ。

びっくりしたけれど、私たちの仲が精霊たちに認められたのだと思うと心強い。なにしろ、既成事実を作っている真っ最中なのだから。

二人の暮らしは穏やかだ。相変わらず私はスープを作る。掃除洗濯はハリーの魔法でちょちょいとすませ、一緒に買い物へ行く。

「この眼鏡はなんですか？」

「ああ、それは秋波除け。ハリーは目立つから、潜伏生活に向かないのよね」

このままだと女性たちの注目を集めてしまうから、私と同じ眼鏡をハリーにも用意した。

「これ、かえって目立ちませんか？」

「大丈夫、大丈夫。怪しまれないように魅了魔法で細工してあるから」

「才能の無駄遣いですね」

ハリーがクスッと笑う。

こんな調子でおそろいの眼鏡をかけ、新婚らしく手を繋いでシムズ川沿いを散歩する。犬の散歩をする老夫婦、対岸の街並みをスケッチする若い絵描き、買い物帰りのご婦人。私たちは彼らの中にうまく溶け込めているはずだ。

帰りにチェリーパイを買う。

アパートメントから少し離れた住宅街にある、隠れた名店の季節限定商品だ。赤い三角屋根の店の扉を開けると、ドアベルがカランと音を立てた。店内に甘い匂《にお》いが広がっている。

「わぁ、見て、見て！　美味しそう」

ショーケースには今流行りのレモンバターケーキをはじめ、定番のチーズスフレ、フルーツぎっしりのタルトなど、たくさんのケーキが整然と並べられていた。商品棚にはジャム瓶《びん》もある。

「いらっしゃい！　ちょうどチェリーパイが焼き上がったところですよ」

店の奥からコックコートを着た店主らしき赤毛の男が顔を出した。背が高く、愛想よく投げかけられた声は、私の頭上を素通りしてハリーへ向けられている。店主の目線が高いので、チビの私は死角に入ってしまったのだろう。そういうことは、たまにある。

「シャナ、どうする？　やっぱりチェリーパイ？」

「そうね。季節限定だもの」

ハリーが私に声をかけて、ようやく店主は視線を落とした。ニコッと笑いかけられる。

「お嬢ちゃん、お兄さんとお出かけかい？」

まさか妹だと思われている⁉　しかも、すっごく年下の。手を繋いでいるのが見えないのだろうか。いや、逆にそれがいけなかったのかもしれない。よくよく考えれば、色付き眼鏡で顔の半分ははっきりしないのだし、背格好だけなら妹に間違えられてもおかしくはない。

私がショックを受けているのに気づいたらしく、ハリーは苦笑いしている。

「あら、嫌だ。夫ですのよ！」

ついムキになって訂正してしまった。大人げない……。

「私たちは新婚でね。王都観光に来ているんだ」

ハリーが私の肩を抱き寄せ、店主に見せつけるようにして言う。ついでに「チェリーパイを二つ」と注文をすませた。

「そうでしたか。王立庭園にはもう行かれましたか？　あそこの池のスイレンは美しいですから、一見の価値ありです。ほかにおススメなのはヨゼラード博物館、王都中央公園、あとは――」

店主はチェリーパイを包みながら、デートスポットをあれこれ教えてくれた。

「ありがとう、行ってみるわ」

「楽しい旅行になることを祈っていますよ。はい、チェリーパイ。それとおまけのシュークリーム。ご夫婦を兄妹と間違えてしまったので、そのお詫《わ》びです」

そう言って店主は包みを二つ差し出す。

「いえ、そんなつもりじゃ……」

「今日のカスタードは採れたての卵を使っていて、とびっきり美味しくできたんです。ぜひ味わってみてください」

私がまごまごしている間にハリーは「では遠慮なく」と素早く包みを受け取り、会計をすませてしまった。それから手……ではなく、軽く曲げた腕を差し出す。

「シャナ、帰ろうか」

「ええ、あなた」

ハリーの腕に手を添える。

愛称呼びの演技も板についてきた。これで完璧。夫婦らしく寄り添い店を出る。再びカランとドアベルが鳴り、入れ違いで年配のご婦人が店の中へ入っていった。

「王立庭園、ですって」

のんびりと帰り道を歩きながら、デートスポットの話になる。

「でもシャノン様、あそこは貴族の社交場ですよ」

貴族たちの散歩コースらしい。朝は散歩、昼はお茶会、夜は晩餐会《ばんさんかい》に舞踏会と彼らは社交に余念がない。

「やっぱり無理よね。あーあ、残念！　ハリーと一緒にスイレンが見たかったのに」

「庭園のスイレンは無理でも、王都中央公園なら広いので大丈夫じゃないですか？　旦那様が王都に到着される前に行ってみましょうか」

「ホント!?　行く行く！　今のうちに既成事実、積み上げておかなくっちゃ」

居間のカウチソファで横並びに座ってのティータイムは、もう習慣化している。

今日は紅茶ではなく、コーヒー。ハリーはブラック、私はたっぷりのミルクと角砂糖を二つ。

カップに角砂糖を沈めるその前に、意識を集中して手をかざす。

「何をしているんですか？」

「角砂糖に治癒魔法を付与してるの。精霊の祝福を受けたから、もしかしたら魔力が上がってるかもしれないと期待したんだけど、そんなことなかったわ。やりにくいったらありゃしない」

どうやら祝福されたからといって、チート能力が使えるわけではないらしい。ただ『精霊の声が聞こえる』だけのようだ。いや、それだけでも十分に奇跡的なことなんだけれども。

ここ数日、角砂糖で試してみたものの回復と解毒の付与は問題なくできるが、難易度の高い治癒の付与はあまりうまくいかない。やっぱり飴玉くらい硬くないと。

「キャンディに治癒の付与ができるだけでもすごいことです。それに『精霊の声を聞く』ことこそが虹の子の役割なのかもしれませんよ？」

「あ、そうかも」

「精霊の書を読めば、もっと詳しいことがわかるのでしょうが」

「改竄の件も含めて、カイル様に訊いてみるしかないわね。どちらにせよ、迎えが来ないと身動きが取れないわ」

「そうですね」

そんな会話を交わしながら私たちは、おまけでもらったシュークリームを口に運ぶ。

「ついてるわよ」

ハリーの唇の端についたカスタードクリームを指ですくって舐めた。

「シャノン様も」

どちらからともなく顔が近づいてキスをする。

ハリーの声もカスタードクリームも、すべてが甘い。

なんて素敵な時間なんだろう！

こんなふうに、ずっと二人で静かに暮らしていくのも悪くない。そう思い始めた頃、迎えがきた。

社交シーズンの到来を告げる王宮舞踏会の日から、四日後のことであった。

【閑話】傲慢な姉ベティの嘘と劣等感

『ハリーを譲って、シャノン。わたくしたちは、愛し合っているの』

なんてことを言ってしまったのだろう。

妹のシャノンが昔からハリーを慕っていることは知っていた。もうすぐ婚約するのだということも。

それなのに、こんなひどい要求を突きつけたのは、きっと虫の居所が悪かったからだ。

三年ぶりに会った妹は、艶めいた大人の女性になっていた。以前と変わらぬ簡素なワンピース姿だというのに、全身から幸福のオーラを発していたのだ。

姑の奸計《かんけい》で離婚の危機だったわたくしは、カチンとなった。この姉を差し置いて幸せになるなんて、と。醜い嫉妬心《しっとしん》。とにかくムシャクシャして、自制が利かない。だから心にもないことを言ってしまったのだ――。

我ながら傲慢《ごうまん》だという自覚はある。皆から「美しい」とチヤホヤされて育てばそれも当然のこと。妹や弟のことは可愛いけれど、やっぱり自分が一番大切だ。傍若無人《ぼうじゃくぶじん》に振る舞うのは、相手が家族だからという甘えがあったのだと思う。

『そんなにチビだと、嫁のもらい手がないわよ』

『こんなとこにも手が届かないの?』

『もうちょっと、まともなドレスを着なさいよ。恥ずかしいじゃない』

小柄な妹をからかうのはいつものこと。

シャノンはわたくしに何を言われてもニコニコと笑っていた。

『ベティお姉様は、スタイルがよくていいわね。きっと玉の輿よ』

『う～ん。でもね、こうしてジャンプすれば手が届くわ』

『これから仕事だからドレスは必要ないの』


いつだって、こんなふうに明るく言い返してきた。

今回も「愛し合ってる？　冗談はやめてよ。ハリーは私と結婚するんだから、そんなはずないじゃない」と笑い飛ばされて終わるものだと思っていた。

ところがシャノンときたら呆然としている。その意外な反応にちょっとだけスカッとしたのは事実だ。妹は悪くない。完全に八つ当たりだ。姑に対するイライラをぶつけてしまった。

そのあとも部屋に駆け込んできた両親に、いかに自分がハリーの妻としてふさわしいのかを力説したり……。

離婚の理由にミスリルの利権が絡んでいると知ったお母様は早くも諦め顔になっていて、もしものときはハリーの妻になれば、この先安泰だという打算がチラッと頭をかすめた。でも本気じゃない。

わたくしは夫のアダムを愛しているもの。

『ひどいわ、シャノン。ハリーはわたくしを選ぶかもしれないのに……』

嘘泣きして被害者ぶってみせたけど、どうせすぐにバレるはず。ハリーが否定するに決まっている。

必死に隠していても彼がシャノンを好きなことは、あの熱を帯びた瞳を見れば一目瞭然だ。クリントン兄弟は、恋心が顔に出るのでわかりやすい。

ちょっとやりすぎたから、あとでお父様に叱られるだろうなとは覚悟していた。でもまさか肝心のハリーが王都へ行っていて、シャノンがわたくしの言い分をまるっと信じていたとは予想だにしていなかった。

シャノンには魔法付与師としての才がある。わたくしには、ないものだ。

実家が窮地《きゅうち》に陥ったとき、王都で学生生活を送っていたわたくしには、まるで危機感がなかった。卒業まであと数か月。今さら退学を迫られるわけでもなく、倹約するように通達されただけだったからだ。誰かに侮《あなど》られるような惨《みじ》めな思いはしていない。

ある日シャノンから下着が送られてきた。温熱効果を付与した見本品だという。寒い日が続いたので着用してみたところ快適だったため、冷え性に悩むクラスメイトの令嬢に親切心で一枚プレゼントした。

「ベティ様の魔法は素晴らしいですわ！」

お気に召したらしく、あれよあれよという間にヴェハイム帝国にまで販路が広がった。

魔法を付与したのはシャノンだが、わたくしは彼女の誤解を解かなかった。自分から言い出したことではないし、一度広まった噂を訂正するのは面倒だったから。

ちょうどこの頃、なかなか進まなかったアダムとの婚約が決まったこともあり、本当のことがバレて自身の評判を落とすのも嫌だった。あれがハーシェル家の商品であることには変わりないのだし、「学業との両立は大変ですのよ」と適当にあしらっておけばいい。

わたくしは家族に対して、ファレル侯爵家の援助を受けられたのは自分のお陰だと、あたかもこの家の救世主のように振る舞っていた。

嫁入り前に家族水入らずで過ごそうと卒業後に領地へ戻れば、シャノンが抱きついてきた。

「さすがベティお姉様ね！　援助のお陰でタウンハウスを手放さずにすんだんですって」

すでに彼女は魔法付与師として日銭を稼ぎ、王都の貴族学院ではなく地元の学校に通っていた。それが貴族令嬢にとって、どれほど致命的なことか。現にシャノンの評判は『領地に引きこもる変わり者のチビ令嬢』と芳しくない。

わたくしは、妹の飾り気のないワンピースと骨董品を売り払ったあとの殺風景な邸内を目の当たりにして、ようやく我が家の苦境を実感できたのだった。

そして、一歩間違えばアダムと婚約できなかったかもしれないと背筋が凍った。近年でこそ貴族の恋愛結婚も増えているが、基本は政略結婚だ。恋人同士とはいえ、没落しかけた伯爵家との縁談をアダムの父親であるファレル侯爵が許すはずがない。

そこでやっと気づいた。なかなか進まなかった婚約が急に認められた理由……わたくしが助けたのではない、シャノンに救われたのだ。

「ベティお姉様、ご結婚おめでとうございます。これ、プレゼント」

門出の日、差し出されたのは見覚えのある小ぶりなガーネットの指輪だった。わたくしのクローゼットに残っていたアクセサリーの一つを売らずに取って置いてくれたらしい。正直、持っているのを忘れていたくらいで、あまり愛着のある品ではなかった。

「ありがとう」

「実はベティお姉様の指輪に結界魔法を付与しただけなの。ごめんね、新しい物を買えたらよかったんだけど余裕がなくて。ファレル侯爵家までは遠いでしょう？　せめて旅の安全を祈れたらって、最強の魔法を付与したからね」

こういう子なのだ。売れば気の利いた髪飾りの一つも買えただろうに、自分のことよりも相手のことを優先させてしまう。

このときのわたくしは、結界魔法の付与がどれだけ大変なことなのかも、このためにシャノンが魔力切れを起こして倒れていたことすら知らなかった。だから、どうせ付与してくれるならアダムにもらったダイヤモンドの指輪がよかったのにな、なんて呑気に考えながらお礼を言っていた。最低の姉だ。

シンプルなデザインの指輪を選んだのも、つけっぱなしでも邪魔にならないようにと実用性を重視した心遣いだったと、あとから身に染みて感じた。

事実、姑に避妊薬を盛られるなどの嫌がらせをされるようになってから外したことはない。これがゴテゴテしたエメラルドの首飾りや大ぶりのダイヤモンドの指輪だったら自分の身を守れなかっただろう。わたくしは火炎や雷の攻撃魔法は得意だが、防御系はからっきしダメなのだ。

感謝しなくてはならない。いえ、感謝している。けれど、妹よりも劣っているような敗北感に苛《さいな》まれ、素直に言葉にできなかった。

「ベティ様、このままではよくないですよ。ハリーさん、しばらく留守みたいです。早いとこ謝ったほうが絶対にいいですって」

あのあとすぐに侍女のアビーに諫められたけれど、その気になれなかった。なにしろ、わたくしは今まで謝ったことなんてない。もしお父様に叱られたとしても、すぐわかる嘘に騙《だま》されるほうが悪いと反論するつもりだった。だって、あの二人は相思相愛でしょう？　愛を信じないなんて相手に失礼だわ。

「大丈夫でしょ。お父様がハリーに直接確認するみたいだし」

シャノンとはギクシャクしていて気まずいけど、忙しいのかあまり顔を合わせることはない。まあ、ハリーが戻ってくるまでの辛抱だ。そう高を括っていた。

そんな生活を続けるうちにアビーが「旦那様がシャノンお嬢様の嫁入り支度をしているみたいですよ」と耳打ちしてきたので、とうとう二人の結婚が決まったのだと思った。ドレスや装飾品を買いそろえているらしい。コソコソしているのは、わたくしに水を差されたくないのだろう。

「もう邪魔なんかしませんよーだ」

近々発表されるはずだから、心から祝福しよう。おめでとう、って声をかけよう。散々意地悪したけれど、これでも妹の幸せを願っているのだもの。


わたくしがお父様に呼ばれたのは、シャノンが出立する前日のことだった。

いつもより豪華《ごうか》な晩餐のあと、執務室へ向かう。

「シャノンの縁談が決まった。明朝、王都へ出立するから見送るように」

予想どおりだ。やっとあの二人は結婚するのだ。しかし、王都へ行くとはどういうことだろう？

次期当主のサイラスのもとで暮らすのだろうか。ハリーは将来、弟を支える立場だからあり得ない話ではないけれど、あと数年は家令マイルズの下で修業するのが順当だろうに。

「シャノンは王都で暮らすんですか？」

わたくしが尋ねると、お父様は頷いた。

「お相手のエルドン公爵が王宮勤務だからな。今となっては、社交界デビューをさせなかったのが悔やまれるが仕方がない」

「エルドン？　まさかカイル・エルドン特級魔法師のことですかっ！」

わたくしは耳を疑った。一体どこから『冷酷』『変人』と噂の若き公爵の名が出てくるというのだ。

「そうだ。先日、求婚状が届いたので、急だがエルドン公爵家のタウンハウスへ向かうことになった」

「そんな……お断りにならなかったのですか？　ハリーは？　彼と婚約するはずじゃ……」

「あのエルドン公爵家だぞ。断れるわけなかろうが。それともベティ、おまえが離婚して閣下の妻になるとでも言うのか」

「そ、それは」

お父様に鋭い眼光で睨みつけられ、ぐっと言葉に詰まった。

確かに王家に連なるエルドン公爵家は、貴族の中でも群を抜いている。王女も娶れる家柄だ。公爵本人も次期筆頭魔法師候補の呼び声が高く、国王陛下からの信頼も厚い。凡庸な伯爵家が逆らうことなど不可能だった。それにわたくしはアダムと離婚したくない。

「よかったじゃないか。これで希望どおり、ハリーと結婚できるな。愛し合っているのだろう？　私が不甲斐ないばかりに、今まで犠牲を強いてしまった。まさか、おまえがアダム殿と嫌々結婚したとは思ってもいなかったよ。てっきり学生時代からお付き合いしているものだと信じていたからね。こんなことなら、無理して投資なんてするんじゃなかった。あちらがなかなか首を縦に振ってくれないから、持参金を増やすつもりだったんだ」

冷たい口調で告げられ、冷や汗をかく。お父様は間違いなく怒っている。わたくしの嘘など、お見通しなのだ。

投資の失敗がわたくしの持参金のためだったとは知らなかった。やはりファレル侯爵家はハーシェル伯爵家との縁談に後ろ向きだったのだ。事業の話がなければ、この結婚が認められることはなかっただろう。仮に認められていたとしても、かなり肩身の狭い思いをしたはずだ。

「ち、違います。わたくしは、ハリーのことなんて……」

ダンッとお父様の拳が執務机に打ちつけられて、わたくしはビクッと肩を揺らした。

「今朝、ハリーから報告書が届いた。ご当主は何もご存じなかったらしい。我が家と縁を切るつもりはないそうだよ」

アダムが領地へ出向き、直談判したのだろう。舅が決めたなら離婚はないはずだ。ホッと胸を撫で下ろす。

「だが、別に離婚でもかまわないと思っている。今後はエルドン公爵家が後ろ盾になるのだからね。よくよく考えれば、我が家の事業に投資したい家はほかにもあるはずだ。こちらが有責でないなら無理して婚姻関係を続ける必要はない」

「そんな、無理なんてしていま――」

「幸いなことに妻のほうからも離婚はできる。私からアダム殿に申し立てをしておいたから安心なさい。おまえも、もう大人だ。自分の発言に責任を持たねばな」

通告された内容に頭が真っ白になる。お父様は本気だ。こちらから離婚の申し立て？　わたくしとアダムは愛し合っているのに。

「謝りますっ。謝りますから、離婚だけはどうか勘弁してください。それだけは……わたくしはアダムを愛しています」

慌てて頭を下げる。

わたくしのつむじを眺めながら、お父様はため息を吐いた。

「あれから何日経っていると思う。謝るチャンスはいくらでもあったろう。シャノンはおまえの戯言をすっかり信じていたよ。あの子の気持ちを知っていただろ？」

「信じた？　バカな……あの二人は相思相愛のはずなのに」

「バカはおまえだよ。あの真面目な男が、正式に婚約もしていないうちからシャノンに告白なんてするわけないだろうが。まあ、いい。どちらにせよ、数日もすればあちらに離婚申し立ての連絡がいくだろう。あとはアダム殿次第だ」

　お父様はもう話すことはないとばかりに、シッシッと手を払う仕草でわたくしを部屋から追い出した。

　わたくしは足が震え、転びそうになりながらヨロヨロと長い廊下を歩いた。


「へぇ、エルドン公爵ですか。シャノンお嬢様、玉の輿ですねぇ。公爵夫人ですよ、公爵夫人！」

「何を呑気なっ。今はわたくしの離婚の話でしょ」

　這う這うの体で部屋に戻り、すぐにアビーに打ち明けた。

　主人のピンチだというのに腹心の侍女は、のんびりと「旦那様も思いきったことをなさいましたねぇ」なんて笑っている。

「どうしたらいいの……」

「どうもこうも、アダム様のお気持ち次第でしょう」

「冷たいじゃない」

　誰の味方だとジトッと睨めば、アビーは肩をすくめる。

「早く謝るように申し上げたのに、聞いていただけなかったんですもん。以前、主人を諫めるのも侍女の務めだと叱られて、従順すぎるのもよくないなって反省したんです。あのときのハリーさん、すっごく怖かったんですからね」

「な、なんのことよ?」

「ファレル侯爵家へ出立した日のことですよ。二人で朝まで飲んだじゃないですか。私が部屋で酔いつぶれちゃったから、ハリーさんが魔法をかけに来てくれたんです」

「そんなこともあったわね。酔いを醒ましてもらうために、わたくしがわざわざ執事部屋まで頼みに行って……」

これから馬車に揺られるというのに、二人してべろんべろんに酔っぱらってしまったので、助けを求めに行ったことはおぼろげながら憶えている。

いつもはアビーに酔い醒ましの解毒魔法をかけてもらうのだが、こうしてお酒を飲めるのも最後だとつい羽目を外しすぎてしまったのだ。わたくしは酒癖が悪いらしく、あのときもしつこくハリーに絡んでいたはずだけど、ほとんど記憶にない。

「そうそう、執事部屋でハリーさんと抱き合っていたんですって? どうやらシャノンお嬢様、それを見ていたらしいです。二人が幸せになるならと二つ返事で縁談を承諾したって、さっき夕食のときにグレちゃんから聞きました」

お父様は、もしわたくしが離婚するのなら、再婚先として縁談を受ける選択肢もあると示したらしい。しかしハリーと愛し合っているのだからと、シャノンはその場で決断したという。シャノン付きのグレタが言うなら、それは事実だ。

「抱き合って……? 嘘よ。そう見えただけとか、躓《つまず》いたところを支えただけじゃないかしら」

わかっている。問題は、はたから見ればそういう状態だったということ。妹はただ自分で見たものを信じ、わたくしの嘘に追い詰められた。なんてことだろう。

もともとお父様には、自分の娘たちに愛のある結婚をさせたいと考えているふしがあった。だからこそわたくしが格上の侯爵家に嫁げるようにと投資を始めたのだし、ハリーをシャノンの結婚相手にと考えたから、貴族学院に編入させずに地元の学校を卒業させたのだと思う。

拒否できないエルドン公爵との縁談には、お父様も頭を悩ませたに違いない。わたくしか、シャノンか。結局、シャノンがわたくしの幸せを考えて身を引いた。

お父様が怒るはずだ。家の犠牲になっただの、妹の婚約者と恋仲だのとほざいておきながら、本人は反省もせず元サヤに収まってのうのうと暮らそうとしているのだから。

誰よりもこの家のために尽くしてきたのはシャノンだったのに、称賛はおろか労いの言葉一つかけなかった。それどころか傷つけて……。

わたくしは両手で顔を覆《おお》った。


翌朝、シャノンを見送ってから、お父様に一通の手紙を差し出した。アダム宛てだ。自分の悪行を告白し離婚してほしいとしたためてある。

「お父様、わたくしはアダムと離婚します。そしてエルドン公爵と再婚します！」

あれから一晩考えて決めた。

「は？　本気か」

眉間に皺を寄せたお父様が、胡乱《うろん》げにこちらを見ている。

「はい。エルドン公爵もチビで子どもっぽいシャノンより、美人でスタイル抜群のわたくしのほうを妻にと望むはずでしょう？」

「自分で自分を美人とかスタイル抜群とか……まあ、いい。これは届けておく。どちらにせよ、アダム殿が離婚に同意しなければ始まらん」

お父様は呆れ顔で手紙を預かり踵を返した。

シャノンの縁談に反対するお母様は、見送りを拒否したという。

我が子の門出に顔も見せないなんて！　何かが、おかしい。

よくよく振り返れば、こんなのは普通じゃないと思うようなことがいくつもある。

まず、シャノンはほとんど外出せずに育った。お母様に連れられてお茶会や買い物に行くのはいつもわたくしで、シャノンは留守番。それが我が家では当たり前のことだったのだ。

シャノンが王都へ行くのは、今回が初めてだ。それも、おかしい。

通常、貴族の娘なら貴族学院に通い、十六歳になると社交シーズン最初の王宮舞踏会でデビューを果たす。特に社交界デビューは、陛下に拝謁する数少ない機会であるとともに、世間から大人の女性として認められる重要な通過儀礼だ。

いくら我が家にお金がなかったのだとしても、ファレル侯爵家からの援助金とその後の事業の成功を鑑みれば、翌年以降にずらせばよかっただけの話だ。実際、家の事情で社交界デビューを遅らせる令嬢はチラホラいる。

ん？　ちょっと待って。シャノンはわたくしの結婚式も欠席していた。風邪だとお母様から聞いて『王都に来るのを楽しみにしていたのに、かわいそう……』なんて同情していたけれど、今となっては本当に病欠だったのかも怪しい。シャノンはいつも元気いっぱいだったし、回復キャンディが作れるのだから、自分の体調管理くらいできたはずでしょう？

そしてエルドン公爵家との縁談に、お母様があそこまで反対する理由がまるでわからない。

たとえ両親が恋愛結婚を支持していたとしても、所詮貴族の結婚は政略ありきである。家格を考慮すれば、エルドン公爵は願ってもない相手だ。野心のある家なら小躍りして喜ぶだろう。ハリーとの縁談を決めたお父様も、シャノンの気持ちに気づくまでは貴族と結婚させようとしていたはずだ。

身分を笠に着るならば、もっと早くにどこかの男爵家あたりの令息と婚約していてもおかしくない。たとえ小さい体が妊娠しないなんて迷信があろうが、中堅貴族ハーシェル伯爵の娘を嫁に欲しがる子爵家、男爵家の一つや二つ……いや、五つや六つはあるのだから。それなのに、ただ一度のお見合いすら調わなかったのは、なぜ？

思えば、わたくしが夜会に出席するようになった頃にはもう、夫人たちを中心に『体が小さい』『領地に引きこもっている』とシャノンのよくない噂が囁かれていた気がする。

妹には友人と呼べるような貴族令嬢がいない。その状況で、どうして『体が小さい』なんて身内しか知らない個人情報が社交界に出回るのか？

「まさか、お母様が……？」

お母様がシャノンの悪評をそれとなく広め、持ち上がる縁談を次々に潰していったとすれば――。

いや、そんなバカな。

居ても立っても居られず、わたくしは自室へ戻る前にお母様の部屋を訪ねた。

するとマロン色の髪をぴっちりお団子に結い上げ瓶底眼鏡をかけた侍女のドーラが、ぬっと扉から顔を覗かせる。

「昨日からずっと臥《ふ》せっておりまして……申し訳ございませんが、今日のところは」

声が暗い。いつもは分厚い眼鏡が邪魔をして感情が読めないのに、心痛のあまり疲れ切っているのがありありと伝わってきた。

「シャノン……シャノン、ダメよっ……」

奥のほうから、グズッグズッと泣き声が聞こえる。娘の旅立ちを寂しがるというには、明らかに様子がおかしい。

お母様は何かを隠している――。

そう直感したが、とても話ができる状態ではない。早く帰れと言わんばかりのドーラの無言の圧力に気圧されて、わたくしは渋々引き下がるしかないのだった。

＊＊＊

それから十日ほど過ぎて、突然、アダムがやって来た。

ファレル侯爵領から王都に戻り、お父様からの離婚申し立てにびっくりして大急ぎで馬を走らせてきたらしい。顔がやつれ、髭はボーボーで服が煤《すす》けている。

「べべちゃんっ、離婚ってどういうことなの。僕のこと嫌いになっちゃった？」

駆け寄ろうとするアダムをマイルズが、がしっと捕まえ「アダム様、まずは湯あみをなさってください」とズルズルと引きずるように風呂場へ連れて行った。

「あの慌てよう……やっぱりベティ様は愛されてますねぇ」

アダムの後ろ姿を見送りながら、アビーがニヤニヤしている。

わたくしは嬉しく感じる一方で、ズキンと胸が痛んだ。

「これから別れるんだけどね」

「離婚なさるのですか？」

「しょうがないじゃない、シャノンを不幸にできないもの。あの子を救えるのはわたくしだけ。これも姉の務めってものよ」

殊勝《しゅしょう》なことを言ってみたものの、気が重い。

アダムのあの調子では、わたくしの手紙は行き違いになってしまったのだろう。わたくしはこれからあんな状態で駆けつけてくれた夫に、離婚してエルドン公爵と再婚したいのだと告げねばならない。

「アダム様を救えるのもベティ様だけなんですけどね」

アビーの一言が胸に突き刺さった。

ああ、わたくしは人を傷つけてばかりいる。


「はい、口開けて」

わたくしはアダムが待つ応接間に入るなり、料理人ミックから分けてもらった回復キャンディを彼の口の中に放り込んだ。それからチョコレートのような黒茶色の革張りソファに向かい合わせに座る。

「あ、ありがほ」

コロンとキャンディを転がす音が鳴った。

ゆっくりと湯に浸かって旅の疲れを癒したアダムは、小ざっぱりとした白いシャツに着替えていた。見慣れたダークブロンドの髪とブルーの瞳、髭はキレイに剃《そ》られ、いつもの顔に戻っている。

わたくしと会う前に、お父様への挨拶はすませたのだろう。だいぶ時間が経っていた。

「あの……」

「やらかしたんだって？　お義父上から事情は伺ったよ。これも、さっき渡された」

どう話を切り出そうかと躊躇《ちゅうちょ》している間に、アダムが私の手紙をローテーブルに放った。封は切られていて、読んだのだとわかる。

「ごめんなさい。わたくしが悪いの」

「執事との再婚を君が切望したと知って、僕がどんな気持ちになるか考えなかったのか？」

いつも穏やかなアダムが苦しげに顔を歪め、怒りを露わにした。

「ごめんなさ……」

「ひどい女だな、君は」

そう、ひどい女だ。軽蔑《けいべつ》されても仕方がない。悔やんでも悔やみきれない。

わたくしの目から涙が溢れ、頬を伝った。

「わたくしは、あなたに見限られて当然のことをしたわ。どうか離婚してください」

頭を下げた拍子にボタボタと雫《しずく》が絨毯《じゅうたん》に落ちる。

「それで執事と結婚するのはやめて、次はエルドン公爵家へ嫁ごうっていうのか」

「せめてシャノンは……妹には幸せになってもらわなければ」

「そんなこと言って、本当は公爵夫人になりたいだけじゃないのか？」

アダムがフンと鼻を鳴らす。

強欲な女だと思われている。言い訳はすまいと決めていたけれど、それだけは断じて認めるわけにはいかなかった。

「違いますっ。わたくしは、あなたを愛してるもの。たくさん嘘を吐いて傷つけたけれど、天と精霊王に誓って、これだけは本当だもの」

「それを信じろと？」

「信じなくてもいいわ。誰にも信じてもらえなくても、わたくしの真実は一つだから」

アダムがじっとわたくしを見つめている。

わたくしも顔を上げてアダムを見た。しばし視線が絡み合う。

「ふーん」

上から下までジロジロと不躾に観察され、生きた心地がしない。

そのうちに――。

「ぶほっ」

アダムが噴き出した。くくくっと肩を震わせ笑っている。

え、何？

「鼻水、垂れてる」

おもむろにズボンのポケットからハンカチを取り出して、アダムはわたくしの手に握らせた。

「すごい顔。ま、いいや。泣いて謝るなんて、君、初めてだろう？　お仕置きとしては、こんなもんか」

「おし、おき……？」

「そ。お義父上が、これに懲《こ》りたら二度と妄言を吐くな、ってさ。『こんな娘だけどよろしく頼む』って頭を下げられて、離婚の話はナシになった」

「お父様が……。で、でも、このままじゃシャノンがっ」

幸せになれない――と続ける前に、アダムが隣に座りわたくしの背中を優しくさすった。

「大丈夫、大丈夫だから落ち着いて。ごめん。エルドン公爵との縁談は、母上の差し金なんだ。べべちゃんの再婚相手としてあてがうために取り引きしたらしい。それを知ってすぐに、僕らには離婚の意思がないと公爵に手紙を送ったからね。お義父上にも白紙撤回の連絡が入ったそうだよ」

「とりひき……」

呆気に取られて、急に体から力が抜ける。

姑はわたくしとアダムが復縁できないように、断れない縁談を用意したということだ。

「母上はうちと同じ侯爵家との縁組を望んでいたからね。でもこれは、やりすぎだ。父上が領地に呼び戻したから、もう心配いらないよ。しばらく別荘で謹慎させるそうだ」

「そう……」

「苦労をかけたね。今まで母上の嫌がらせを止められなくて悪かった」

「いいのよ、あなたが味方でいてくれたから。それにわたくし、弱くないもの」

全部返り討ちにしてやったと胸を張れば、アダムは「それでこそ僕のべべちゃんだ」とわたくしの額にキスを落とした。

「王都に帰ろうか」と言われ、「うん」と頷く。

「帰ったら、シャノンに謝らなきゃ」

「そうだな。僕も一緒に謝るよ」

もう二度と間違えない――。

わたくしは当たり前のように妻に寄りそう夫の胸に、そっと顔を埋めた。

王宮舞踏会から四日目の朝、家紋のないお忍び用の馬車でカイル様が迎えに来た。

なんだかんだと慌ただしくて、やっと両家の話し合いの場が設けられたのは二日前。縁談は無事に白紙に戻ったとのことだ。

「それでシャノン嬢は、彼と既成事実を作っている最中だと？」

ハーシェル家のタウンハウスへ向かう馬車に揺られながら、私がハリーと生活している理由を話すとカイル様は「そりゃまた、急展開だね」と目を丸くする。

久しぶりに再会してみれば、アパートメントにはジミーとグレタの代わりにハリーがいて、私と新婚状態なのだから驚くのも無理はない。

「はい。私たちは『精霊の祝福』を授かったんです。ご存じですか？　花びらが部屋一面に舞って、本当にキレイなんですよ」

「以前、本邸の図書室にあったピチュメ語の本に書かれていたのを読んだことがある。精霊が『虹の瞳』にだけ授ける祝福だと。もう百年以上その祝福を受けた者はいないらしいが……」

「精霊王に愛を誓わないとダメなんです。あ、嘘の誓いはダメですよ？　本当に愛し合っていないと、精霊たちの声が聞こえるようにならないんだそうです」

「ということは、シャノン嬢は精霊の声を聞いたんだな？」

「はい、バッチリと。ハリーも一緒に。ね？」

私が隣に座るハリーに同意を求めると、彼は緊張した面持ちで「はい」と肯定した。よもや自分の人生で〝公爵様〟の馬車に同乗する機会があろうとは想像していなかったはずだが、伯爵家の執事として恥ずかしくないように、まっすぐに背筋を伸ばし堂々としている。

私が初めてエルドン公爵邸の敷居を跨いだ日は、足が震えていた。あれは我ながら情けなかった。その点、ハリーは立派だ。

「それがバレたら、絶対にピチュメ王国へ連れて行かれる。下手すれば、次の王はシャノン嬢だ」

カイル様が厄介なことになったと天を仰ぐ。

「え、でも、あちらの王太子も想い合う人と愛を誓えば、今からでも祝福を授かれるみたいですよ」

「そうなのか？」

「そもそも政略結婚が『虹の瞳』が生まれない原因なんじゃないですか。愛がないと生まれないと言っていましたから。えっと、精霊の書をナントカって人に改竄されてからおかしくなった、って。確か、ト、ト……」

「トイフェルです。何者かは不明ですが、自分の娘を王家に輿入れさせるために書き替えたようです」

ハリーが助け舟を出してくれた。

「トイフェルか。おそらく何代か前の大臣か何かだろう。王立図書館にある王家の資料室に行けばわかるかもしれない。今度調べてみよう」

「あの、精霊の書ってなんですか？」

「精霊の書は、聖職者が持つ教典みたいなものだ。ピチュメ王国の成り立ちや初代国王に授けたとされる精霊王の言葉、伝承などが記されている。一般には流通していないから、私もまだ読んだことはないが」

なるほど、教典が改竄されたのでは正しい知識が継承されるわけがない。いつの間にか『虹の瞳』は生まれなくなり、生まれないから側妃を何人も娶るという悪循環に陥っているわけだ。

はっきり言って、巻き込まれたくない。やっぱり見つからないように隠れていたいとも思う。けれど、いつか私とハリーの間に子が生まれたら、その子も『虹の瞳』ということになる。そう考えれば、このまま潜伏生活を続けることは、果たして最良と言えるのだろうか。

「私の出生について、父は何か言っていましたか?」

「不躾ではあるが、伯爵に君の瞳の話をした。ピチュメ王族特有であることと王位継承権についてだ。夫人の様子がおかしいことには薄々気づいておられたようだが、追及することはなかったらしい。思ったよりは冷静だったよ。怒鳴られることも覚悟していたからね」

「父は納得したんですか? 私が『虹の瞳』だということは、浮気じゃなくて本気だったということでしょう? 信じられません。両親は仲がいいんです」

一夜の過ちというなら、まだ納得できるのだ。けれど愛し合わなければ生まれないはずの『虹の瞳』が、お母様から生まれてきた。お父様がそれを知ったら——。

「あいにく、男女の機微《きび》には疎くてね。こればかりは直接本人に訊いてみないとわからない」

「そうですよね……」

私も男女の色恋のことには自信がない。ハリーはずっとベティお姉様が好きなんだと勘違いしていたし、自分の恋が叶うとも思っていなかったから。

カイル様が冷静に真っ当な意見を述べたので、それ以上は何も言えなかった。

やはりお母様に訊くしかない——。

黙ってしまった私を元気づけるようにハリーが手を握ってくれた。

ガタゴトと馬車の揺れる音だけが響く。

「あ、そうだ」

突然、カイル様が思い出したようにポンと手を打った。

「ヴェハイム帝国の婚約破棄騒動だが、皇太子が廃嫡されて浮気相手の男爵家へ婿《むこ》に入ることになったよ。代わりに第二皇子がブーフ侯爵令嬢と婚約して立太子することが決定した」

「結局、ブーフ侯爵令嬢は皇太子妃になるんですね」

「ああ、ミスリルで揺さぶりをかけたブーフ侯爵の完全勝利ってところだな。皇帝は愚かな皇太子よりも才媛と評判のマリーナ嬢を選んだ。これでファレル侯爵夫人も、息子の再婚を諦めるしかないだろう。今は領地で謹慎しているそうだよ。王宮舞踏会にも出席していなかった」

迷惑をかけたとファレル侯爵から謝罪があったそうだ。侯爵夫人は、ベティお姉様が格下の伯爵令嬢だったことが気に入らず、ずっと嫁いびりをしていたのだという。その内容が避妊薬を盛るとか、洒落にならない。もっとも、気の強いベティお姉様は負けていなかったらしいけれど。

「よかった。姉は無事にファレル侯爵家へ戻ったんですね」

「ああ、そのようだ。舞踏会で初めて挨拶したが元気そうだったよ。そういえば、会場でハーシェル伯爵に馬車の問い合わせが殺到していたようだが」

馬車の問い合わせ？　あの浮遊魔法付与の馬車だろうか。あれは確かハーシェル家の家紋付きだったはず。途中、貴族の馬車とすれ違っていても不思議ではない。

「シャノン様？　まさか、あのあと馬車に何かしたんですか」

ハリーがジト目でこちらを見ている。

「え、と、馬車に浮遊魔法を付与したら四日で王都に着いちゃった。ごめんね、あんなにスピードが出ると思わなかったの。誰かに見られていたかも」

私が小さくなると、いつも無表情なカイル様がハハハと痛快に笑った。ストレートの銀髪がさらりと揺れる。

あ、笑えたんだ。失礼ながら、そう思ってしまった。

「シャノン嬢には、才能があるんだな。私にはとても思いつかない」

「才能なんてないです。角砂糖に治癒魔法の付与もできないんですから。カイル様なら上級ポーションも難なく作れますよね？　羨ましいです」

「角砂糖？」

「飴玉みたいに硬さがないと魔法が安定しないんです」

「なるほど、液体に治癒魔法を定着させるのは難しいか？」

「はい。付与率四十パーセントくらいになると突然崩れるというか」

「四十パーセント？　そこまでいけるなら、その手前の三十くらいで固定して、重ねがけすればいい。液体に一度で完璧に付与するのは、一級魔法師でも難しい。少しも付与できないなら諦めるしかないが、シャノン嬢ならできるんじゃないか？」

「あっ、そうか！　ご教授ありがとうございます」

まず土台を築いて、その上に何回かに分けて魔法を付与していけばいい。この方法なら、魔力切れを起こさずに結界魔法を付与することもできるかもしれない。どうして今まで思いつかなかったんだろう？

「液体に治癒魔法付与ができるなら、三級魔法師として王宮に出仕も可能だ」

「三級ですか」

意外と上級だ。五級魔法師だったロイドよりも高い。

「ああ、ポーション作り専門の部署がある。朝から晩までずっと治癒魔法を付与しているだけだから、シャノン嬢には退屈だろうがね」

それは退屈だ。やはり私には、様々な依頼がある魔法付与師のほうが性に合っている。

「とりあえず角砂糖の治癒魔法付与を頑張ります……」

それから束の間、私とカイル様は魔法談義に花を咲かせた。

さすが特級魔法師、博識だ。参考になることばかりである。もう少し話を伺いたかったけれど、ハーシェル家の屋敷が目前に迫っていた。

先触れが出ていたらしく、私たちの乗った馬車は呼び止められもせず、吸い込まれるように門を通過した。


ハーシェル家のタウンハウスは、滞在していたエルドン公爵邸の三分の一ほどの大きさしかない、こぢんまりとした二階建ての邸宅だった。

お世辞にも広いとは言えない玄関ホールには、屋敷の管理を任されているハワード夫婦、両親とサイラス、ドーラ、グレタとジミー、そしてなぜかベティお姉様とその横にアダムお義兄様と思しき男性まで勢ぞろいしている。私たちが足を踏み入れたとたん、ただでさえ人が多い玄関ホールの窮屈感が増して息苦しさを覚えた。

「ただいま帰りまし――」

「シャノン！　シャノン、ごめんなさいっ！　わたくしが悪かったわ。機嫌が悪くて、つい嘘を吐いてしまったの。愚かなわたくしを許して……うう っ」

いきなりベティお姉様が飛び出し、泣きながら抱きついてきた。顔が豊満な胸に押しつぶされ、今度こそ本当に呼吸が止まる。

「むぐ……ぐ」

苦しくてジタバタともがいている間にも、両腕で私をぎゅうぎゅう締めつけながら、ハリーとはなんでもないんだとか、八つ当たりだったとか、嘘ばかり吐いてごめんなさいとか大声で謝っている。

「うわーっ、べべちゃん、窒息しちゃうよ！」

慌ててベティお姉様を止めるアダムお義兄様らしき人の声がして、腕の力がふと緩んだ。その隙《すき》に拘束を逃れ、ぷはーと息を大きく吸う。ああ、死ぬかと思った。

「も、もう気にしてないから……」

ハリーの件は誤解が解けていたし、いろいろありすぎてそれどころじゃなかった。というか新婚ごっこが楽しくて忘れていたのだ。人は幸せの絶頂にいると大抵のことは許せてしまうものらしい。

そんな私の様子を見たアダムお義兄様が、笑顔を作りながら腰をかがめ私と目線を合わせてきた。

「初めまして、シャノンちゃん。君のお姉さんの夫アダムです。アダムおにいさんと呼んでください。この度は、私の母が多大なご迷惑をおかけしました。申し訳ない。閣下にも改めてお詫び申し上げます。お二人に……は………」

アダムお義兄様が、私からカイル様に視線を移す。そしてまた私に視線を戻して、目を見開いた。

ベティお姉様がハンカチで涙を拭いながら「どうしたのよ？」と怪訝そうに声をかける。

「いや、あの……閣下、私の卒業論文のテーマは『精霊信仰』でした」

言わんとすることを理解したというように、カイル様は表情を変えずに黙って頷く。

見る人が見ればわかる――。

私はその意味をようやく実感したのだった。

「シャノン、お帰り。閣下、娘を送ってくださり、ありがとうございます。奥にお茶の用意がしてありますので、どうぞこちらに」

お父様が、この場を収めるようにカイル様を奥の応接間へと促した。


小さな中庭に面した日当たりのいい応接間のソファに、両親とサイラス、ベティお姉様とアダムお義兄様、カイル様が座った。私はサイラスの隣にちょこんと腰かける。

ドーラはお茶を淹れたあと、部屋の隅にそっと控えた。

お母様は少し痩《や》せたようだ。不安げにドーラを見ている。彼女はずっとお母様に仕えてきた侍女だから、すべての事情を知っているのだろう。

さっきアダムお義兄様も察していたので、何も知らないのはベティお姉様だけということになる。

ただお茶を飲むだけにしては物々しい雰囲気が部屋に漂う。

私は白いスイートアリッサムの花が絨毯のように広がる庭に目を向けた。専任の庭師がおらず本邸の庭よりずいぶんと慎ましやかだが、小さな花が集まって咲き誇る様子に健気《けなげ》さを感じる。

「シャノン姉様、ここは初めてでしょう？　狭いけど学院が近いんだ。王立図書館もね。よかったら案内するよ」

サイラスが私を気遣うように口を開いた。

「そうよ、シャノン。せっかく王都へ来たんだから、ドレスを作ったら？　わたくしの行きつけの店を紹介するわよ」

異様な空気に戸惑っていたベティお姉様が、ホッとしたように話を合わせる。

一方でお母様がギョッとした顔になった。

「そうねぇ、レモンバターケーキのカフェにも行ってみたいわ」

なんぞと私が答えたものだから、お母様は「ダメよ、シャノン！」と勢いよく立ち上がった。

「座りなさい、ノーラ。お客様の前でみっともない」

「あなた……」

お父様にたしなめられ、お母様はばつが悪そうに腰を下ろす。

「何がダメなんですか？　今まで母上は、そうやってシャノン姉様のしたいことを頭ごなしに反対してこられた。そろそろ僕たちにも本当のことを話してほしいです」

「そ、そうよ。お母様はシャノンに対してだけ、何か様子がおかしかったわ。理由があるなら教えてください」

サイラスが素知らぬふりで本題を切り出したのに対して、それに賛同するベティお姉様は不思議そうな表情を浮かべている。

お母様はゆっくりと紅茶のカップを口に運んだ。そうして落ち着きを取り戻してから、いつもと同じ表向きの理由を口にする。

「理由も何も、シャノンは体が小さいでしょう？　わざわざ好奇の目にさらされて肩身の狭い思いをすることはないと思っただけよ」

「大丈夫です、お母様。ここ二週間ほど、ずっと市場で買い物をしていましたけど、変な目で見られることはなかったですよ」

幼く見られることはあったけれど、それだけだった。

お母様は「貴族と庶民とでは違うのよ」と私の反論を躱《かわ》すが、青ざめている。

「今まで、その言葉を信じてきたの。お母様にとって、私は外に出せないほど恥ずかしい娘なんだと悲しかった」

「なっ……！　恥だなんて思ったことは一度もないわ」

「わかっています。そうやって、ずっと守ってくれていたんでしょう？　私が『虹の瞳』だから。カイル様から聞きました」

お母様が息を呑んだ。カイル様、私、それからサイラスと順に視線を移し、諦めたように俯く。まるでここが自身の断罪の場なのだと悟ったかのように。

そう、今日この話をすることは、カイル様とお父様によってあらかじめ決められていた。ベティお姉様とアダムお義兄様の同席だけが予定外だったけれども。

「誰が何を言っても、私はお母様の味方です。だから真実を教えてください。私は誰の子なんですか？」

「私も知りたい。隠し事があるのは薄々わかっていた。今までは君が憂いなく過ごせるならば、見て見ぬふりをしようと思っていた。本当のことを尋ねる勇気もなかった。だが他国の王位継承権が絡むとなれば、そんな臆病《おくびょう》なことを言ってはいられまい」

お父様はそう言って、目を閉じて肩を震わせているお母様の手を握った。

「シャノンは……わたくしの子、です」

お母様がつっかえながら言葉を紡《つむ》ぎ出す。

まだためらっているのは、お父様を失いたくないからだろう。三年前の我が家の窮地でも、率先して自らの装飾品やドレスを売ってお父様を支えていた。やはりお母様はお父様を愛しているのだ。ならば、どうして私は『虹の子』なの？

「お母様、私はハリーと結婚したいです。いえ、結婚します。そうしたら近い将来、子どもが生まれるでしょう？　私たちの子どもは『虹の瞳』を持って生まれます。今後のためにも、自分のことは知っておきたいの」

「あ、あなたたちの子どもの瞳が青紫とは限らないじゃないの。ほかの色かも……」

「いいえ、精霊たちが教えてくれました。私とハリーは、祝福されたんです」

そのことはまだカイル様にしか伝えていないから、皆は『虹の瞳』が生まれる条件を知らない。

お母様は驚いたように口を開けたまま、何も言えないでいる。

「祝福って『虹の瞳』を持つ者ですら滅多に授かることはないという、ピチュメでも伝説の⁉ これはすごいことだよ、シャノンちゃん！」

貴族学院の卒業論文のテーマを精霊信仰にしたアダムお義兄様は、当然ピチュメ王国の王族についても詳しく調べているはずだ。興奮して前のめりになっている。

「ちょっとアダム、説明してよ。わたくし、わけがわからないわ。『虹の瞳』って何？ シャノンが誰の子かってどういうことなの？」

話についていけないベティお姉様が、痺《しび》れを切らして口を挟んできた。

「シャノンちゃんの青紫の瞳はピチュメの王族にだけ現れる色なんだよ。その中でも虹を纏う瞳はめずらしくて『虹の瞳』もしくは『虹の子』と呼ばれている。ピチュメ王国では、虹の子だけが王位継承権を持っているんだ」

「ええっ！ それは、シャノンがお父様の子じゃないってこと？ そんなバカな。閣下だって同じ青紫の瞳でしょ？ よくある色じゃ……」

話している途中で異母兄妹である可能性に気づいたらしい。口を噤んだ。

「閣下はピチュメ王族の血筋だよ。先々代の公爵夫人がピチュメの王女殿下だからね」

「シャノンは……先代公爵の娘なのね？」

夫の説明を聞いたベティお姉様は、やっと納得したというように啞然《あぜん》と呟く。

その直後、冷え冷えとしたお父様の声がお母様に向けられた。

「そうなのか？　君は私を裏切ったのか、ノーラ」

お母様はうろたえ、目には涙の膜が張っている。

「わたくし……わたくしは……」

違う。こんなふうにお母様を追い詰めたかったわけじゃない。

「何かの間違いなんですよね？　だってお母様はお父様を愛しているって、私、知ってるもの」

見ていられずに声をかけると、お母様は首を横に振った。

「シャノンは、わたくしの子よ……わたくしと………」

皆がお母様に注目した、そのときだった――。

「ノーラ！　もういいのっ」

気配を消して部屋の隅に控えていたドーラが、お母様の傍へ駆け寄った。

「ドーラ!?　何をするの……やめて！」

慌てて席を立ち、止めようとするお母様を振り切って、ドーラは束ねていたマロン色の髪を解いた。

手櫛で梳いて整えた瞬間、髪色がミルクティー色に変化する。それから瓶底眼鏡を外すと、分厚いレンズの奥にあるエメラルドグリーンの瞳が鮮明になった。

「旦那様、シャノン様はわたくしの子です」

いつもは無口なドーラが凛とした声を響かせた。

誰も何も言えなかった。私も言葉を失い、目を見張るしかない。

お母様とドーラは瓜二つなのだ。瞳も髪も唇も声も、背丈すらもすべて同じだ。眼鏡で顔の印象を変えて、魔法で髪を染め、わざと野暮ったい地味なドレスを纏い、わからないようにしていたのだろ

う。私はドーラと毎日会っていたのに気づかなかった。

「ノーラ、ごめんなさい。わたくしのために嘘を吐かせてしまって」

「嘘じゃないわ。わたくしだって、シャノンの母親よ。ずっと大切に育ててきたんだから……そうでしょ？」

お母様はポロポロと涙をこぼして、項垂れるドーラの手を取った。

寄り添う二人は、ドーラが無装飾の紺のドレスでなかったら、きっと家族でも見分けがつかない。

「双子だったのか……！」

さすがに想定外だったのだろう。カイル様が驚嘆の声を上げた。

その言葉が呼び水となってベティお姉様が我に返り「お母様とドーラが⁉」と叫ぶ。

呆然としていたサイラスも「気づかなかった……」と呻いた。

「……はい、わたくしたちは双子です。先代公爵とは学生時代からの恋人同士でした」

ドーラはお母様の涙をハンカチで拭いながら答える。

「ピチュメ王族の瞳のことは、父から聞いていたんだな。だから隠して育てた」

「左様でございます」

ドーラは素直に認めるとお父様に頭を下げた。

「旦那様を騙し、奥様に成り代わって出産しました。申し訳ございませんでした。ですが、奥様はわたくしを憐《あわ》れんだだけなんです。どうか処罰はわたくしだけにしてください。お願いします」

床に額をこすりつけてお父様に赦《ゆる》しを乞う。

するとお母様もドーラの横で膝をついた。

「いいえ、わたくしも同罪です。ドーラと同じ罰をわたくしも受けます。離縁されても仕方がないと思っています」

カイル様やアダムお義兄様のいる前で、外聞も気にせず必死に謝罪する双子をお父様は上から見下ろした。ため息を一つ吐く。そして念を押した。

「シャノンは、先代公爵とドーラの子なんだな？」

「はい、間違いございません」

ドーラが断言した。それからポツリポツリと経緯を話し始める。

それはつまり、こういうことだった。


ドーラは生まれてすぐに、双子は不吉だという理由から親戚の家へ養女に出された。親、つまり私にとっての祖父母の本意ではなかったけれど、男爵家当主だった曾祖父には逆らえなかったらしい。幸いなことに、ドーラは養父母に可愛がられた。

再び姉妹が一緒に暮らすようになったのは、二人が七歳になった頃のこと。男爵令嬢であるお母様の話し相手として、屋敷に呼び戻されたのだ。双子であることを曾祖父に隠すため、マロン色に髪を染め眼鏡をかけて変装した。以来、ドーラはお母様の侍女として仕えることとなる。書類上の主従関係はあるものの実情は仲のよい姉妹だった。所詮、田舎男爵の娘だ。身分差は気にならなかったという。

二人は日常的に入れ替わりを楽しんでいた。ドーラが変装を解いて男爵令嬢として振る舞っても、誰も気づかない。そんな状態だったから、貴族学院の入学資格はお母様にしかなかったけれど、週の半分ずつ交代で通うことにした。二人にとって、それは自然な選択だった。

順調な学院生活。しかし姉妹の入れ替わりに気づく者がいた。それが一つ年上の先代公爵である。

ピチュメ王国の王女を母に持つ、銀髪に青紫の瞳の美男……あの肖像画の紳士だ。

ドーラと先代公爵は、またたく間に恋に落ちた。だが決して結ばれぬ恋だった。たとえドーラが元の身分の男爵令嬢でも妻として身分が足りないし、先代公爵は王命により婚約が決められたからだ。

王命に逆らえず先代公爵は、卒業と同時に婚約者と結婚した。ドーラもお母様の嫁入り以降、伯爵領で生活するようになる。二人が会えるのは、社交シーズン中の王都だけとなった。

妊娠に気づいたとき、ドーラは真っ先にお母様に打ち明けた。二人でとことん話し合い、悩み、導き出した答えが、お母様と入れ替わりハーシェル家の子として出産することだった。

ドーラの子が男児であれば跡継ぎになる危険性はあったが、生まれたのが女児だったことと、その後サイラスが誕生したことから、お父様にも秘密を明かさなかったのだという。

「幸い旦那様が薄い青紫の瞳でしたので、シャノン様の瞳の色が疑問視されることはありませんでした。シャノン様には社交界と距離を置いていただき、いずれ領内で結婚をと考えておりました」

そのため二人で貴族との縁談を片っ端から潰していたらしい。道理でずっと私の婚約が決まらなかったわけだ。これで真実はわかったけれど……。

ドーラの長い告白が終わったあと、部屋はシンと静まり返っている。

そして、お父様は――。

「……わかった。ノーラが私を裏切っていないのなら、それでいい」

あっさりと二人を許した。本当にあっさりと。

お母様は驚いたように顔を上げ、お父様を見ている。

「あなた……」

「私は君の夫だよ。時々、君の様子が変だと感じてはいたんだ。別人じゃないかと考えたことも一度や二度じゃない。まさか入れ替わって出産していたとまでは思わなかったがね。いつもと違うのは妊娠中だからだと疑わなかった」

お父様は「もういいんだ」と床に這いつくばるお母様を抱き起すようにして自分の隣に座らせ、ドーラにも席に座るよう促す。

しかしドーラは座らず、己の身分をわきまえていると言いたげに、静かにお父様たちの後ろへ控えただけだった。

「こんなに大きな秘密を抱えていたのなら、打ち明けてほしかった。そうしたら一緒に悩み、守ってやれたのに。君がシャノンの母親だと言うなら、私だってあの子の父親なんだよ」

「あなた……ごめんなさい……ううっ……」

お母様はお父様に肩を抱かれ、咽《むせ》び泣く。

ということは……。

「えっ？　私はこれからもハーシェル家の娘でいられるのですか!?」

あまりにも寛大な言葉だったので、私はつい大声で叫んでしまった。てっきり家を追い出されるかと思っていたのに。

するとお父様は、眉間に皺を寄せてこちらを見た。

「は？　当然じゃないか。シャノンは我が家の大切な家族だ。書類上も私の娘だろうが」

「それは、そうですが……で、でも本当の娘じゃないんですよ？」

お母様からすると私は姪だけど、お父様とはまったく血の繋がりがない。しかもずっと他人の娘を育てさせられていたのだ。それなのに、こんなにすんなりと割り切れるの？

「親子は血の繋がりだけではないよ。我が領地のように兵士が行き交う場所では、魔物討伐や任務で親を亡くし、赤の他人に育てられる子どもはめずらしくない。私は領主として、昔からそんな人たちを大勢見てきた。実の親子以上の固い絆《きずな》で結ばれている家族もいるんだぞ。シャノン、おまえだって孤児院に通っているのだから、わかっているはずだろう？」

「あっ……」

お父様に優しく諭されて、院長を親と慕う子どもたちの姿が脳裏に浮かんだ。

彼らは共に食卓を囲い、笑い、泣き、時にケンカをし、夜は肩を寄せ合って眠っている。そう、血は繋がっていなくとも家族なのだ。そして私とお父様も、かけがえのない毎日を積み重ねてきた。

お父様は、私と目が合うと黙って頷いた。

「シャノン姉様は、僕たちの家族だよ。貴族では親族が養子に入ることもあるんだし、姉弟か従姉弟かの違いなんて大した問題じゃないでしょ」

サイラスが嬉しいことを言ってくれる。

「あー、それからサイラスが勝手なまねをしたようだが、ハーシェル家の娘が既成事実など許されん。結婚するまでは、ハリーと節度のある交際をしなさい」

「は、はいっ！」

私はシャキッと姿勢を正して返事をする。ハリーとの結婚がお父様に認められたのだ。すぐには信じられず『いいの？』『いいのよね』と自問自答してしまう。

隣のサイラスが肘《ひじ》でつついて目配せをするので、ベティお姉様に視線を移すと「よかったわね」と唇が動きウィンクされた。私もウィンクを返す。

「あの……お取り込み中のところ悪いんだが、肝心の私の父は何をしていたんだ？　正式に結婚できなくても、別邸を与えるなり保護するなりできたと思うのだが……」

黙って見守っていたカイル様がおずおずと切り出した。

確かに公爵ともなれば、正妻のほかに愛人を持つことはよくある。それなのに恋人関係にあったはずのドーラをなぜ放置していたのだろうかと素朴な疑問が湧く。

「わたくしが望みませんでした。かといって別の方に嫁ぐ気にもなれず、奥様の侍女として一緒にハーシェル伯爵家へと参ったのです。妊娠がわかったとき、ピチュメ王族の瞳のことが念頭にあったのは事実ですが、それよりもわたくしが恐れたのは、閣下のお母上の前公爵夫人でした。先代公爵のお世話になるのは、逆に危険だと考えたのです」

ドーラがしっかりとした口調で答えた。

それを聞いたカイル様は、心当たりがあるのか納得顔になる。

「なるほど……母は愛人の存在を許さないだろう。あの人なら命を狙うこともあり得る」

「ですからわたくしたちには、この方法しか思い浮かばなかったのですわ。先代公爵もドーラの選択に同意なさいました。渋々でしたけれど」

苦渋の決断だったとお母様がドーラをかばう。

当時、宰相を父に持つエルドン前公爵夫人にとって、侍女の命など取るに足りないものだったのだという。

もしドーラの存在が発覚して妊娠していると知られていたら、無事に出産できなかっただろう。たとえ直接危害を加えられなくとも、男爵家が潰されていた可能性がある。実際に、先代公爵を狙って近づいた令嬢たちが、次々と破滅していくのを見て恐怖を感じたそうだ。

私は扇子を投げつけてきたエルドン前公爵夫人の気性の激しさを思い出し、ぶるりと震えた。

憔悴《しょうすい》しているお母様を休ませるため、この場はひとまずお開きとなった。

さっそく私はサイラスと一緒に、ハリーの所へ状況を説明しに行く。

「ハリー！　私たちの仲がお父様に認められたわっ」

サイラスの部屋で待機していたハリーに飛びつくと、「シャノン様！」と抱き留められた。

「シャノン姉様、節度ある交際をするようにって言われたばかりでしょう？　弟の前でイチャイチャしないでよ」

サイラスが恥ずかしそうに顔を赤らめた。

「既成事実を作れってけしかけたのは、サイラスじゃないの」

ふくれっ面で抗議をすると「奥手な二人が歯痒《はがゆ》かっただけです。こんなバカップルみたいになるとは思わなかった」と呆れられてしまった。

「ありがとう。バカップルになれたのは、あなたのお陰よ！」

「あ、開き直った」

「それにしても、今日ベティお姉様たちがいるとは思わなかったわ」

「シャノン姉様に謝罪したいって急に来たんだよ。父上に叱られたのが、よっぽど堪えたみたい」

ベティお姉様が私に対してハリーと愛し合っていると嘘を吐いたことに、お父様は相当お怒りだったようだ。私が領地を出立したあとで、我が家からアダムお義兄様に離婚を申し立てようとして大きな騒ぎになったらしい。

「ベティ様には、いい薬です」

辛口のハリーを見て、サイラスは苦笑する。

「それはそうなんだけどさ。ベティ姉様、本気で離婚してエルドン公爵と再婚するつもりだったんだ。シャノン姉様を不幸にできない、って」

カイル様から白紙撤回の要請があったため元サヤに収まったけれど、そうでなければ今頃は離婚になっていたそうだ。

「これだからベティお姉様は憎めないのよねぇ。私の商品がベティお姉様の発案になっていたのも、どうせお母様が手を回していたんでしょう？　魔法付与の腕を見込まれて貴族から私に縁談がきたら困るものね。ショックだったけど、もういいの。事情もわかったことだし」

「どんな事情だったんですか？」

「そうそう、聞いてよ。なんとお母様とドーラは双子だったの！　先代公爵と愛し合っていたのは、お母様じゃなくてドーラなのよ」

先程の応接間でのやり取りを話すと、やはりハリーもお母様とドーラが双子であることには気づいていなかった。地味で目立たないドーラと華やかなお母様は対照的だから無理もない。しかも私の実母だと聞いて、すぐには言葉が出てこないほどびっくりしている。

「そう言われてみれば、ドーラさんの素顔を見たことがありませんでした。これからも見る機会はないのでしょうね」

この先も奥様の侍女として生きていくつもりでしょうから、と残念そうな顔をする。

「でもまさかお父様が不問に付すとは思わなかったわ。ずっと騙していたわけでしょ？」

「不貞さえしていなければ、と決めていたみたいだよ」

お父様があまりにもすんなりと許したので、サイラスに疑問をぶつけるとそんな答えが返ってきた。

そうか、最初から決めていたのか。

「お父様は、お母様を信じていたのかな」

「どうだろうね。シャノン姉様は瞳の色以外、母親似だから……あ、母親といってもドーラか。まあ、同じ顔だからいいか。半信半疑だったんじゃないかな。どちらにせよ離婚はしなかったと思うよ。精々、領地の別邸に蟄居《ちっきょ》させるくらいで」

「旦那様は凡庸に見えて、実は器が大きいのです。秘密を抱えながらシャノン様を育てなくても、最初から打ち明けていれば協力なさっていたと思いますよ」

ハリーは当主としてのお父様を高く評価していた。

私にとっては、凡庸と言うより投資に失敗したダメ当主のイメージだったから、少し意外だ。けれども今日、お父様の度量の広さに触れて認識を改めた。単なるお人好しなのかもしれないけれど。

「まあ、ね。私をこのまま実子として受け入れるくらいだから」

「そうなんだよなぁ。なんだかんだ言って、ベティ姉様のこともアダム義兄様に頼んでいたみたいだし、僕も次期当主として見習わなきゃ」

貴族学院に通うようになったからなのか、久しぶりに会うサイラスが頼もしく感じられる。

「サイラスなら立派な当主になれるわよ。今年は王宮舞踏会に参加したんでしょう？　そういえば、エスコートしたご令嬢とはどうなの？　婚約できそう？」

「い、いや、アイリス嬢とはそんなんじゃないよ。侯爵家の令嬢だし高嶺《たかね》の花っていうか……」

サイラスは、あたふたと胸の前で両手を振って否定する。が、耳まで赤く染まっているので好意があるのは一目瞭然だ。ベティお姉様は知っているのだろうか？　あとでこっそり教えてあげよう。きっとサイラスの恋を応援してくれるはずだ。

そんなことを考えていると扉がノックされ、ベティお姉様が顔を覗かせた。

「わたくしたちは、そろそろ帰るわ。シャノン、本当にごめんなさい。ハリーにも申し訳ないことをしたわ。許してね。二人の結婚式には呼んでよ」

「あ、うん。ベティお姉様もアダムお義兄様と仲良くね」

「わかってるって」

ベティお姉様は、照れくさそうにひらひらと手を振り帰っていった。

見送りながらサイラスが「あのベティ姉様がハリーに謝るなんて、明日は嵐になりそう」と愕然と呟いていた。


そのあと、まだ夕食まで時間があったので私はお母様の部屋へ向かった。

ノックをすると、扉を開けたのは予想どおりドーラで、マロン色の髪と瓶底眼鏡が復活している。

お母様は寝室で休んでいるようだ。

この人が本当の母親なんだ、と変に意識してしまい緊張する。なんと言って話しかけたらいいのか、わからない。

「あの……ドーラ、いえ、おかあ――」

「今までどおりドーラとお呼びください」

勇気を出してモゴモゴと口を動かせば、素っ気なく返されてしまった。

確かにハーシェル伯爵夫妻の実子として認められている以上、使用人たちの手前、急に態度を変えるわけにはいかない。頭の中では理解しているけれど……。

「どこで誰が見ているかわかりませんから……」

そう小声で囁かれると胸に熱いものが込み上げ、堪えきれずドーラに抱きついた。

「わかっています。今だけです……今だけ、お母様と呼ばせてください」

耳元……には背が届かないので、つま先立ちして肩の辺りでヒソヒソと話す。

するとドーラがためらいがちに私の背中に腕を回し、抱きしめてくれた。

実父の先代公爵は、もうこの世にはいない。

三年前、得意の剣術を活かして魔物討伐に参加した際に、命を落としたのだそうだ。ドラゴンに丸呑みされたとの目撃証言があり、残されたのは片方の手袋だけだった。

私のことは定期的に様子を報告していたらしい。けれど秘密が漏れることを恐れて親子の対面は叶えられなかったと謝られた。

ドーラ自身も、生涯、母親だと名乗り出るつもりはなかったのだという。

「このままハーシェル家の娘として生きていくのが一番いいと思ったの。だけど結局わたくしの身勝手で、あなたにまで苦労をかけることになってしまいましたね」

「いいえ、苦労なんてしていません。魔法付与師になれたし、お母様たちのお陰でずっと好きだった人と結婚できます」

「でも貴族学院に通わせてあげられなかったわ。まさか『虹の瞳』を持って生まれてくるとは思わなかったから……ごめんなさい」

「謝らないでください。私はお母様とお父様が愛し合って生まれてきたんです。『虹の瞳』はその証しなんですから」

愛し合う者同士からでないと『虹の瞳』は生まれないのだと伝えると、私を抱きしめていたドーラの腕にぎゅっと力がこもった。

「わたくしはあの人を愛していたわ。あなたのお父様はね、家を捨ててでも一緒になりたいと言ってくれたの。でもどうにもならなくて……許されないとわかっていたのに、別れられなかった。わたくしの存在が、順風満帆なあの人の人生の邪魔になっているのだと悩んだこともあるのよ……」

「愛し合っているのに、邪魔なわけないじゃないですか」

「そうね……そうだったのよね。シャノン……わたくしの……わたくしとあの人の大切な娘……」

ドーラが私の額のすぐ上ですすり泣く。その間、私は母親のぬくもりに身を任せた。

＊＊＊

家族で話し合った結果、社交シーズンが終わり次第、両親と一緒に領地へ戻ることになった。クリントン家に嫁いで、魔法付与師をしながら静かに暮らす予定だ。

せっかく憧れの王都にいることだし、両親がせっせと社交に励んでいる間、私とハリーは人目を避けてデートをしている。

貴族たちが集う展示会や競馬、高級洋品店などには行けないので、近所の王立図書館へ散歩がてらよく通った。ドーラが教えてくれた人気のない静かな裏庭は、先代公爵と密かに二人の時間を過ごした思い出の場所なのだそうだ。私たちはカエデの木陰のベンチに座り、かつて実親がそうしたように、小鳥のさえずりを聞きながら青いベロニカの花が咲く風景を眺めた。

話題のカフェのレモンバターケーキも持ち帰って味わうことができたし、私は初めての王都生活を満喫中だ。

そして今日は、図書館内にある王族専用資料室の入室許可が下りたというので、カイル様と一緒に行くことになった。

雲一つない青空の下、三人でぽくぽくと歩いて向かう。

「君たちのその色付き眼鏡は、変装のつもりか？」

私たちはおそろいの眼鏡で外出するのに慣れているが、カイル様がこれを見るのは初めてだ。

「アパートメントで暮らしていたときに、魅了付与の眼鏡を作ったんです。二人でかけていても不審な目で見られたりしないので、意外と快適なんですよ」

「ドーラの正体を瓶底眼鏡で隠し通せていたんですから、はじめからこうすればもっと早く王都に出てこられたのかもしれません」

私とハリーは「ね？」と顔を見合わせた。本当は手を繋ぎたいのだが、カイル様がいるので我慢する。お父様から『節度のある交際を』と厳命されていることだし、自制しなければ。

「シャノン嬢はともかく、ハリー君まで眼鏡をかけなくてもいいのではないか？」

「えーっ、ハリーは美男なんですよ？　並んで歩くと女性たちの秋波がすごくて、おちおちデートもできません。カイル様、自分の恋人が周りの男性たちから熱視線を向けられて、今にも誘惑されそうなところを想像してみてください」

「そりゃ、気が気でないだろうな」

「でしょう？」

「まあ、とりあえず元気にやっているようでよかった。その魅了眼鏡、私も欲しくなったよ。滅多に社交場に出ることはないが、王家の招待は断れないんでね」

「閣下は目立ちますからね」

ハリーが言うとカイル様は肩をすくめる。

「悪い意味でね。『冷酷』だの『変人』だのと大きなお世話だ。そのくせ最近じゃ、自分の娘を嫁にどうかと騒がしい。はっきり言って迷惑だ。エルドン家は無理して後継をもうけなくてもいい。いずれ王子の誰かが継げばいいのだからな」

「先々代の公爵様は王弟ですものね」

都合よく王子たちの婿入り先があるとは限らない。新たに家を興すより既存の公爵家を継ぐほうが王家にとっては好都合だろう。エルドン家なら血筋も近い。

私たちの実父である先代公爵も同じ考えの人だったらしい。自由に生きていいと、縁談や王宮魔法師になることを強制しなかったそうだ。実父自身も剣の道を究めたいと望んでいて、もし王命で結婚していなければ、家を継がずに剣術修行の旅に出ていたことだろうとカイル様は言う。

「先王が魔力のある子を欲して両親の結婚を決めた。二人ともそこそこ魔力が高くて、家柄が釣り合っていてちょうどよかったんだ。同じ目的で王命による婚姻がほかに何組も結ばれたらしい。そうして生まれた子のうち特級魔法師になれたのは私だけだから、愚断だったと言わざるを得ないが」

「なぜそんな王命を出したのでしょうか？」

ハリーが首を傾げる。

私も疑問に思う。魔力と血筋は関係がなく、精霊たちの気まぐれだという説は当時でも認められていたはずだ。

「魔法師不足と魔物の大群の暴走《スタンピード》が重なって、討伐軍に甚大な被害が出た。多くの貴族令息たちが出兵していたから王家に対する風当たりも強くて、藁にも縋る思いだったんだろう。本当に血筋は関係ないのか実験的な意味もあったのかもしれない」

「閣下はお詳しいですね」とハリーが感心する。

「ご丁寧に教えてくれる輩がいたからな。魔法の才に恵まれて生まれた私は、あの王命で婚姻した家から妬まれていた。あの頃、恋人や婚約者と引き裂かれたのは父だけじゃない。それでも国のためにと受け入れたのに、結果が伴わなかったのだから無理もない」

「えー、文句があるなら命令した本人に直接言えばいいのに。カイル様に当たり散らすなんて肝っ玉の小さい人たちですね」

「ハハハ、だがそれ以降、貴族の恋愛結婚が徐々に広まってきたから悪いことばかりでもないさ。精霊たちは『嘘の誓いはダメ』だと言っていたんだろう？」

「そうですよ。愛がなくちゃダメなんです。いつかすべての貴族が恋愛結婚できるようになるといいですね」

本当にそうなればいいと思った。

貴族同士の縁組に国王の許可が必要だったり、本人の気持ちを無視して親が政略結婚を決めたり、貴族と平民が婚姻するには家や身分を捨てねばならない場合もある。この国は、まだまだ恋愛結婚の壁が高いのだ。


おしゃべりしているうちに王立図書館に到着した。

奥の別館は入口に警備兵がいるだけで、館内に人影はなく物音一つしない。ひんやりとした空気が肌に纏わりつき鳥肌が立つ。

「こっちだ」

「な、なんか静かですね」

カイル様の案内で資料室へ続く廊下を歩きながら、自然と声が小さくなる。ビクつく私をハリーが「大丈夫ですよ」と支えてくれた。

カイル様は一見なんの変哲もない木製の扉の前に立った。ドアノブに手をかざし、何重にもロックされた魔法キーを解除していく。

すごい。おそらく血を使った呪い系の契約魔法で、立ち入りが制限されているのだろう。

「鍵を開けられるのは、あらかじめ登録している者だけだ。扉にも強化魔法がかけられているから、ちょっとやそっとじゃビクともしないよ」

高度な魔法セキュリティに感激していると、カイル様が説明してくれた。

カチッと最後の魔法キーが解除される音がして扉が開く。ピチュメ王国の資料は南側の一角にあった。量は多くない。

「ほとんどが祖母が嫁入りする際にそろえられた物だ。ピチュメ王国については我が国よりヴェハイム帝国のほうが詳しいだろう。こちらの魔法研究は実践的なテーマが主流だが、帝国では『虹の瞳』も研究対象の一つになっている」

「もしかして研究者たちにとって『虹の瞳』が生まれる条件や精霊の書の改竄は、大事件なのではないですか？」

ハリーの指摘に、カイル様はピチュメ歴代王の系譜を本棚から取り出しながら頷く。

「大変なことだよ。『虹の瞳』が生まれる条件は長年の謎《なぞ》だった。精霊信仰や魔法研究が盛んな国にとって、祝福を授かった『虹の瞳』は伝説みたいなものだ。一目会いたいと願うだろうね」

「祝福されたからって、見た目は以前と変わらないですよ」

「精霊の声が聞こえたんだろう？　その奇跡の瞬間に立ち会えるかもしれないと思うんじゃないか？」

「あれから何も聞こえないのに、期待されても困ります」

私は頬を膨らませ、系譜を眺めた。アパートメントで読んだ本よりも詳しく記載されていて、生年月日や死因、誰が『虹の瞳』を持っていたか印がついている。代を追うごとにその印が減っていた。

「閣下、シャノン様、こちらをご覧ください。八代前から現在まで、国王と正妃の間には『虹の瞳』が生まれていません」

ハリーが、記録上では最後に精霊の祝福を授かったとされる八代前の国王の箇所を指差した。

八代前の王妃は子に恵まれず、国王は公妾との間に『虹の瞳』の男児と女児をもうけている。その男児が七代前、妹に当たる女児が六代前の王なのだが、二人とも子を授かることなく崩御した。次の王位を継いだのは、彼らのはとこの息子である。彼は自分の従妹を王妃に迎えたものの、結局は王妃とその愛人との間に生まれた子が四代前の玉座に就いた。以後、国王は数人の側妃を娶ることが常態化している。

「八代前か、怪しいな。ちょっと待って」

カイル様が棚から要人名簿を取り出した。パラパラとめくり、目当ての名前を探す。

「トイフェル……あ、あった。トイフェル・アンデ、当時の聖殿長だ。彼の父親の代から現在まで、ずっとアンデ家の者が聖殿長を務めている。八代前の王妃の名がエルナ・アンデだから、彼女がトイフェルの娘で間違いないだろう」

聖殿長は聖職者のトップの役職である。ピチュメ王国では、アンデ家が世襲により聖殿の実権を握っているということだ。

エルナに子はおらず王家に血統を遺《のこ》せなかったため、トイフェルの野心は思い通りにいかなかった可能性があるが、精霊信仰の厚いピチュメ王国では、聖殿を掌握するだけでも十分な権力だ。

「五代前は王妃と愛人との子を後継にしないと即位できなかったってことですよね」

ほかに『虹の瞳』がいないので選択の余地がなかった。青紫の瞳を持つ王族同士での婚姻、王妃に愛人が許されていた事実——王位継承への焦りが読み取れる。

「そうだな。ピチュメの王とは本来、愛する者を娶ることで代々精霊の祝福を授かり、精霊の声を聞いて民を導いていく立場だったんだろう」

「精霊の声を聞いて導く立場……シャノン様が？」

ハリーが呟き、私と目が合う。

人にはそれぞれ得手不得手があるのに、導く立場だと言われても困る。精霊の声が聞こえたからって、私に民衆を率いる能力なんてあると思う？

「わ、私は絶対に女王になんてなりませんからねっ！」

カイル様までこちらを見るので、ぎょっとなって叫んだ。

近くの柱の『館内はお静かに！』という貼り紙に気づいたけれど、時すでに遅しであった。

6章

「シャノン、シャノンっ、大変よ！」

談話室でハリーとティータイムを楽しんでいたところへ、お母様が慌てた様子で駆け込んできた。

せっかくグレタが気を利かせて二人きりにしてくれたのに台無しだ。ついムスッとしてしまう。

「奥様、どうなさったのです？」

こういうときハリーは大人なので、そつなく対応する。お母様を落ち着かせ、向かい側の席の透かし彫りが施された豪奢《ごうしゃ》な椅子に誘導した。

貴族が集まる王都ではいつ来客があってもいいように内装を整えているので、壁に飾る絵画一枚ない殺風景な本邸と比べてタウンハウスは豪華な印象を受ける。

「こ、これ……」

お母様がぶるぶると震える手で差し出したのは一通の封筒だ。朱色の封蠟が押されている。

「これがどうかしたんですか？」

「お、お、お茶会の、しょ、招待状よ」

わけがわからない。お茶会の招待など、いつものことだろうに。

するとハリーが私の手元を覗き込み、ハッとひらめいたような顔になった。

「このカトレアの刻印は……王宮のお茶会ですか⁉」

お母様がコクコクと首を縦に振る。

「王宮の？　よかったじゃないですか。王妃様にお会いできますよ」

お父様は王宮に出仕しておらず一年のほとんどを領地で過ごしているため、伯爵夫人といえども王妃様にお目通りが叶う機会は滅多にない。これは名誉なことだ。お母様が興奮して言葉が出てこないのも頷ける。

「ち、違うわ、シャノン、あなた宛てなのよ」

お母様が言葉を絞り出す。カトレアの紋章は王妃個人のもので、私的な茶会の招待などに用いられているそうだ。

「えっ、私？」

「ど、ど、ど、どうしましょう。この場で返事をいただきたいと、使者の方が待っていらっしゃるの。使者といったって、城の使用人じゃないわよ？　陛下の信頼が厚い侍従長補佐のレスター伯爵なのよ。今、ドーラが応接間に案内しているわ」

「落ち着いてください、奥様。どうもこうもシャノン様が出席のお返事を書くしかないじゃありませんか」

さも当然のようにハリーが言うので、私はものすごく焦った。

「え、出席なのっ？　それは決定事項なの？　ど、ど、どうしよう、ハリー。私、お茶会なんて初めてよ、緊張しちゃう！」

「だからって、お断りできるわけないでしょう」

お父様が留守で頼りにできないため、ハリーの指示でお母様がレスター伯爵の相手をし、その間に私は大急ぎで返事をしたためる。動揺のあまり文字がガタガタになったり、念のためジミーにカイル様への伝言を頼んだり、ハーシェル家はパニックに陥った。

お茶会は、一週間後に王宮東庭園の温室で——ということだった。

お母様曰く、その温室は代々王妃が管理し、許可がなければ国王ですら立ち入りできないそうだ。

プライベートな場所なので、ここのお茶会へ招待されることは貴婦人たちの誉《ほま》れでもある。

大貴族ファレル侯爵家の嫁であるベティお姉様ならいざ知らず、社交界デビューもしていない小娘の私がなぜ呼ばれたのだろう。

「領地を出ないご令嬢がいると聞いて興味を持たれたとご使者様はおっしゃっていましたが、本当のところはわかりません」

お母様とレスター伯爵のやり取りを聞いていたドーラが教えてくれた。

それからしばらく、お母様と三人で衣装をどうするのか話し合った。あの色付き眼鏡で出かけるようになってから特に問題が起こっていないので、今回もなんとかなるのではないかと私たちは楽観的に考えていた。とにかく出席者に埋もれるようにして静かに目立たずやり過ごせばいい、と。

しかし夕刻、カイル様が我が家を訪れて己の甘さを知る。

「すまない。母が王妃にそれとなくシャノン嬢の瞳のことを話したようだ」

「あ、なるほど。そういうことですか。突然お茶会に招待された理由が謎だったんです」

一国の王妃ともあろう方が、興味本位で急な招待をするはずがなかった。きっとこれは召喚状みたいなもので、私の瞳を確認したいのだろう。招待客の陰に隠れていられないかもしれない。

「そしてその茶会だが、招待客は君だけだ」

「げっ」

はしたない声を上げてしまい、慌てて口を押さえる。

どうやらカイル様は、ジミーから招待状のことを聞いて調べてくれたみたい。

王妃様とエルドン前公爵夫人は独身時代からの友人だそうだ。ということはあの日、夫人に扇子を投げつけられた時点で、コソコソ隠れたり色付き眼鏡で変装したりしなくとも、いずれ私の瞳のことは白日の下にさらされる運命だったのだ。あんなに怒りを露わにしていたのに、報復されることを失念していたなんて一生の不覚である。

「まさか母が告げ口するなんて……。口止めしておくべきだった」

カイル様は口惜しそうな顔をするけれど、愛人の命を狙いかねない性格なのにどうして黙っていると思うのか。肉親だと判断が鈍るのかしら。そんなふうに心の中で悪態をつく私は、意外と冷静だ。

「夫の隠し子を排除すると決めたのなら、口止めしても無駄なんじゃないですか。私に結界が張られていることはご存じでしょうから、不義の子だと貶めるためにこの方法を取ったんだと思います。社交界の噂は防御アクセサリーに勝る武器だとおっしゃったのはカイル様でしょ？」

「それはそうだが……油断した。君が我が家と関わらなければそれでいいと思っていたんだ。父はもういないし、すでに私が跡を継いでいるから今さらシャノン嬢を排除したって意味がないだろう」

「目障りなんじゃないですか。それより家族に危害が及ぶでしょうか？」

「命の危険まではないだろう。もう宰相の娘でも公爵夫人でもないから、今の母にそこまでの力はないよ」

現役を退いたとはいえ何が起こるかわからない。一応ドーラとお母様にも結界付与のアクセサリーを渡しておこう。そうしよう。


その晩、執務室で一連の報告を聞いたお父様は嘆息した。

「シャノンが虹の子だと社交界に広まるのも時間の問題だろうな」

ブツブツと呟き、ハリーを呼ぶ。そして「これにサインしろ」と私たちの前に差し出したのは、婚姻届である。

「いきなり結婚ですか？　お父様、私たちはまだ正式に婚約していないんですよ」

私が抗議すると、お父様は「やむを得んだろう」と言う。

「このままでは、どんな横槍が入るかわからん。我が家の醜聞だけならまだしも、王命で政略結婚なんてことになったら厄介だぞ。結婚するのに婚約は必要ない。幸い貴族の娘が平民に嫁ぐ場合、国王陛下の許可は不要だ」

「でも王妃様にはバレているんですよ？　婚姻届を提出しても受理されるかどうか……」

「戸籍課に直接持っていってその場で処理してもらう。今なら王家には表立って結婚に反対する理由がないから受理されるかもしれん。少なくとも、こちらの意思表示にはなるだろう」

私とお父様が言い合いをしているうちに、ハリーはサラサラと婚姻届に自分の名前をサインした。

「ハリー？」

「もし受理されなかったら、不服申し立てをすればいいんです。提出しないことにはそれもできません。結婚式があとになってしまって、シャノン様には申し訳ないですが――」

ハニーブラウンの瞳が愁いを帯びる。とたんに胸がキュンとなって、私はお父様からペンをひったくりハリーの名前の下に署名した。

「いいの、いいの。結婚式なんて、いつだってできるわ」

「シャノン様」

「ハリー……」

私とハリーが見つめ合うと、お父様がゴホンと咳払いをする。

「とにかく！　明朝、提出してくる。わかっていると思うが、結婚式までは今までどおり、清く正しい男女交際を心がけるのだぞ」

「え～」

お父様に釘を刺されて、つい不満が口から漏れた。

口をへの字に曲げる私たちを見て、お父様は「まったく油断も隙もあったもんじゃない……」とぼやく。

そして翌日、この迅速な行動が功を奏して、私たちは晴れて夫婦になった。

それからの一週間、お母様とドーラ、ベティお姉様までやってきて、私は礼儀作法をみっちりと仕込まれた。当然、甘い新婚生活に浸る余裕はなく、バタバタした日々を過ごしたのだった。

＊＊＊

お茶会当日、王妃専用の温室では深紅のバラが咲き誇っていた。赤バラのアーチの奥には、白いテーブル。つるバラが絵付けされたポットに、カップの中身はローズティー。バラ尽くしである。

「そんなにかしこまらなくていいわ。ここには誰も来ないから、楽にしてちょうだい」

「は、はい、王妃陛下……」

楽にしてくれと言われて、楽にできるなら苦労しない。私はカチンコチンに固まったまま、噴き出る額の汗を冷却ハンカチで押さえた。

そんなぎこちない様子を王妃様にクスッと笑われてしまった。

「そんな堅苦しい呼び方はやめて。スカーレットでいいわ。わたくしもシャノンちゃんと呼んでもよろしくて？」

「もちろんでございます、スカーレット様」

私の緊張を解きほぐすようにおっしゃるので、さっそく名前でお呼びする。

鮮やかな赤毛に合わせた赤いドレス、赤い口紅、赤い爪。名前まで赤い《スカーレット》！　王妃様と色が被らないように、王宮では赤いドレスを避けるのが貴族女性の常識なのだそうだ。そのため私は、お母様とドーラが選んでくれたクリーム色のドレスを着ている。

「そのハンカチ、素敵ね」

この冷却ハンカチには、エルドン邸の侍女長ジェナのアドバイスを取り入れて、薄紅色の生地と同色のバラが刺繍されている。ベティお姉様もお洒落だと太鼓判を押した自慢の一枚だ。王妃様に献上するために、色違いで何枚か包装してきた。その中にはもちろん赤もある。

「ありがとうございます。冷却効果を付与したハンカチなんです。もしよろしければ、同じ物をお持ちしましたので贈らせていただければと思います」

「そう、楽しみだわ。ハーシェル商会の商品はわたくしも愛用しているの」

王妃様は優雅な仕草でローズティーを一口飲んでから、改めてペリドットのような明るい緑色の瞳をこちらに向けた。眼光にはエルドン前公爵夫人のような鋭さはない。その穏やかな表情に、少しだけ気持ちが楽になる。

「それにしてもシャノンちゃん。あなた、ずっとその眼鏡で生活しているの？」

「あ、はい。王都に来てからはそうです」

王宮内で瞳を見られるのを避けるため、色付き眼鏡はかけたままにしていた。そっと眼鏡を外す。

「まさしく『虹の瞳』ね。ジャニスから聞いたときは半信半疑だったけど、これではっきりしたわ」

エルドン前公爵夫人の名前は、ジャニスというらしい。令嬢時代からの友人ということだから、気軽に名前を呼び合う親しい仲なのだろう。そう考えると王妃様はあちらの味方で、いつ牙を剝かれてもおかしくはない。

「わたくしは、あなたの敵ではないから安心して」

　私の心の中を察したような優しい口調だった。けれど、鵜呑みにはできない。

「ありがとうございます……」

「とりあえずあの子には口止めしておいたけど、あまり期待できないわね」

「できれば静かに暮らしたいのです」

「あらあら、欲がないこと。その気になればピチュメ王国の女王になれるのに興味はないの？」

　王妃様は扇子を口元に当てて、コロコロと笑う。しかし目は笑っておらず、やはり為政者なのだと気を引き締めた。

　おそらく私の本心を探るために呼んだのだろう。一貴族でありながら他国の王となる可能性がある厄介な女を、今後どうするべきか考えるために。

「かの国の王位継承権が『虹の瞳』にしかないことは、エルドン公爵からお聞きしました。ですが私は、一時没落しかかった伯爵家の娘です。貴族学院さえ卒業していない身には一国を治めるなんて荷が重すぎます」

「ずいぶん謙虚なのね。けれどカイルを側近にすればいいのではなくて？　実の兄なのでしょう？　彼は優秀だから小国の一つや二つ、そつなく治められるわよ」

「カイル様は大の社交嫌いですし、我が国の貴重な特級魔法師です。国を出て行かれては困るのではないですか？」

「それはそうね」

私が『カイル様』と呼んだ瞬間、王妃様の目が細くなる。

それを見て、父親の正体まではエルドン前公爵夫人も明かさなかったのだと気づいた。お互いの腹を探るようなやり取りは苦手だ。

「スカーレット様、率直に申し上げます。私の望みは魔法付与師として働き、愛する夫と穏やかな家庭を築くことです。それ以外の暮らしは求めていません」

「愛する夫……。シャノンちゃんには誰か意中の男性がいるの？　婚約中とは報告がなかったみたいだけれど」

やってしまった。訊かれてもいないのに、余計なことを口走った。ハリーとの結婚は、まだ秘密にしていたほうがよかったかもしれない。

「彼は平民、なんです」

蚊の鳴くような声になった。

すると王妃様は、扇子を閉じたり開いたりしながら思案し始める。そうして視線が私の薬指にはまったルビーの指輪で止まった。ハリーから贈られた婚約指輪だ。

「それがハーシェル伯爵家の意向ということね。わかったわ。けれど、認められないかもしれなくてよ？」

「いえ、それが先日、認められまして……今、新婚なんです。挙式はまだですが」

私が白状すると王妃様は呆気にとられた顔になる。

「ハーシェル伯も、なかなかやるじゃない。確かに陛下の許可は必要ないわね。でもまだもみ消しは可能だわ」

私とハリーの結婚は世間に周知されておらず、あくまで書類上のことなので王家が無効にしようと思えばできる。

「私たちの結婚は認められないのでしょうか？」

「シャノンちゃん、あなたは自分がヨゼラード王家の血を引いていることを忘れているわ。前王弟の孫なの。そのうえピチュメ王家の血を引く『虹の瞳』よ。平民になるなんて許されると思う？　精霊信仰に熱心なのは、ピチュメ王国だけじゃないのよ。我が国の貴族にも信者はいるの。彼らが黙っているはずがないし、第二王子の妃に据《す》えて彼を王太子に……なんて動きがあるかもしれない。王位継承争いなんてゴタゴタは、まっぴらごめんなのよ」

王妃様がカッと目を見開いて熱弁を奮うので、私はすっかり圧倒されてしまった。「ソ、ソウデスネ」と相槌を打ちながら、ひたすら額の汗を拭う。

ベティお姉様と同い年の第二王子殿下は、婚約者がまだ学生のため独身である。来年の挙式が決まっており、この期に及んで婚約解消だなんて国が乱れてしまう。

「そうなのよ、面倒くさいのよ。だから誰と結婚するにしても、きちんとした身分と後ろ盾は必要なの。そうなると厄介なのがジャニスね。あの子の狙いはハーシェル伯爵夫人の醜聞を広めて社会的に抹殺《まっさつ》することでしょうから、シャノンちゃんの評判まで落ちてしまうわ」

王妃様はため息を吐き頭を抱えた。温厚そうな顔の眉間に皺が寄る。

「あのぉ、私の評判はもともと悪いので、今さらじゃないでしょうか？」

おそるおそる尋ねた。

「ああ、あの『体が小さいと子が産めない』って根も葉もない俗説ね。あれは王家にも責任があるわ。ピチュメの王女のお輿入れに反対した貴族たちが流した噂が、いまだにくすぶっているのだから」

「その頃からなんですね」

王弟に娘を嫁がせたい貴族たちが、こぞって広めたものらしい。実際に華奢だった王女は息子を産んでから臥せりがちになり、その数年後、第二子を授かることなく亡くなってしまったため、俗説として定着してしまったのだそうだ。

「俗説よりも問題なのは、シャノンちゃんが社交の表舞台に立てばハーシェル伯爵夫人の不貞が明るみに出ることよ。夫以外の子を孕《はら》み、実子として育てさせていた。そんなゴシップを社交界が見逃すと思う？　ジャニスは容赦しないわよ」

ゾクリと背筋に冷たいものが走る。私はピチュメ王族特有の青紫の瞳にお母様と同じミルクティー色の髪だから、ドーラの存在を知らない他人からすればお母様が不貞を働いたように見えてしまう。

「エルドン夫人は、なぜそこまでするのでしょうか」

「それは――」

王妃様が口を開いたそのとき、温室の入口が騒がしくなった。護衛騎士が押し問答をしている。誰も入れないように命じられているのに、無理を通そうとする人物がいるようだ。

「まったく……」

王妃様は立ち上がり、バラのアーチをくぐって護衛に声をかけている。一言二言やり取りしたあと、扉が開かれた。

「二人きりのお茶会を邪魔するなんて」

口を尖らせる王妃様を赤毛の男性が「まあまあ」と宥め、その後ろにカイル様が続く。

私は咄嗟に席を立ち、淑女の礼をした。肖像画を見たことがある。王太子殿下だ。

「滅多にないカイルの頼みを断るわけにもいかないでしょう？」

殿下は楽しげに微笑み、ゆっくりと腰を下ろす。そして、ローズティーが苦手だという殿下のために新たに紅茶が淹れられた。

「まあ、わたくしの茶会の趣向をぶち壊すなんて無粋な」

「だって、バラのお茶って不味《まず》いじゃないですか」

殿下が母親の不満を軽くいなす。気の置けない親子のやり取りである。

「それで、なんの用なの？」

お茶会が再開され、王妃様は腕組みをして温室の乱入者二人をジロリと睨んだ。

「カイルが、妹が心配だとせっつくので。こいつが誰かを案じるなんてめずらしいこともあるものだと興味が湧いたんですよ」

「人を冷血漢みたいに言わないでください。妹は社交界デビューしていないのですよ？　身内として心配するのは当然でしょう」

カイル様は、私の隣でいつもの無表情を浮かべたまま異を唱える。

あ、妹だと認めてくれていたんだ。今までと態度が変わらないから、どう思われているのか謎だったけれど。

「ありがとうございます」と礼を述べると「ハリー君にくれぐれもと頼まれたんだ」と小声で返事をされた。

「え、ハリーが？」

「昨夜、寝室に忍び込んできた。彼は、何者？」

ハリーの愛を感じて胸が熱くなった。将来サイラスを支えるために特殊な訓練を積んでいるとはいえ、エルドン邸の高度な魔法セキュリティをくぐり抜け、カイル様の部屋にたどり着くのは至難の業だろう。

「ハリーは我が家の執事ですよ」

私は片目をつぶって答えた。

その声を耳にした王妃様が「へえ、シャノンちゃんの想い人はハリーさんという名前なのねぇ」と冗談めかしておっしゃる。

すると王太子殿下も「私が独身だったら、すぐにでもシャノン嬢に結婚を申し込んだのに残念だ」とおどけた。

「そうそう、それでシャノンちゃんの結婚の話だったわね」

王妃様がおちゃらけるのは終わりだと言うようにパンパンと手を叩くと、茶会の空気が緊張感を帯びたものに切り替わる。

「さっきも説明したように王家としては、このまま二人の結婚を認めるわけにはいかないわ。どうしてもと言うなら、一度白紙に戻して然るべき体裁を整えてからということになります。そうねぇ、具体的にはハリーさんをどこかの貴族の養子にしてから、シャノンちゃん自身が爵位を得て婿に迎えるとか」

「そうですか」

せっかく書いた婚姻届が無効になると知ってがっかりだ。婿と言っても、私には継げる爵位がないのでどうしよう。かといってハリーが叙爵して、私が夫人に収まるのも現実的ではないし……。

「けれどハーシェル伯爵夫人の不貞の噂が広まれば、ハリーさんを受け入れてくれる貴族はいないでしょうね」

黙って聞いていたカイル様が「くだらない」と吐き捨てた。

「そもそもハーシェル伯爵夫人は不貞などしていません。妹は、父と伯爵夫人の妹との間にできた子です。姉妹だから面差しが似るのは当たり前でしょう」

「おいおい、伯爵夫人に妹がいるなんて聞いたことがないぞ。実際シャノン嬢は、ハーシェル夫妻の実子として届けられているだろう？」

カイル様の告げる事実に、殿下が王妃様と同じ緑色の瞳を見開く。

「実母は生まれた直後に縁戚へ養女に出されたんです。その……双子なので不吉だと曾祖父が」

私が補足すると王妃様が「昔はそんな悪習もあったのよね」と眉を顰《ひそ》めた。

「なるほど、双子の姉妹か。それで『虹の瞳』を隠すためにハーシェル家の令嬢として領地で育てられたってことか。先代公爵の協力は仰《あお》げなかったのかな？」

「母に命を狙われかねないと、ハーシェル家で育てることに父も同意しました。母はまだ実母の存在を知りません。妹のことは伯爵夫人の子だと思っていますよ」

探るような視線を向ける殿下から守るように、私に代わってカイル様が答えた。

「それが正解だったわね。当時のあの子なら、確実に害しているもの」

「おや、カイルの母親は、そんなに物騒な女性でしたか」

「婚約者が死んでから変わったのよ。あの子は彼を愛していたから」

皆の注目が集まったのを承知のうえで、王妃様はゆっくりと紅茶のカップを口に運ぶ。

私も釣られるように紅茶を飲んだ。気づかないうちに口の中がカラカラに渇いていた。

そして王妃様は、たっぷりと喉を潤《うるお》してから滔々《とうとう》と語り始めた。

「もう二十年以上前になるかしら、あなたたちが生まれる少し前の話よ。魔の森にかつてない規模のスタンピードが起こったの。先代の筆頭魔法師が施した古い結界が破られ、新たな結界を張れる実力者はいなかった。その結果、あの子の婚約者が率いていた第二騎士団は全滅したわ」

どうにか事態を収めた頃には、討伐軍は壊滅寸前の悲惨《ひさん》な状態だったそうだ。そのため軍の立て直しと王宮魔法師の増強が急務となったのである。

さりとて能力のある魔法師が都合よく見つかるわけもなく、そのうえ若者の戦死者が多く出たがゆえの新たな問題が浮上した。

婚約者を亡くした令嬢たちの嫁入り先がなくなるケースが相次いだのだ。

これにはエルドン前公爵夫人の父親である宰相も頭を抱えた。自分の娘を行き遅れにしたくはないが、年齢と身分の釣り合う令息が少なく、いたとしてもすでに婚約している。裏では令息の争奪戦が起きていた。強硬手段を取る者が現れ、国の乱れに繋がりかねないと王家も危惧《きぐ》し始めた。

そこで宰相が国王に進言したのが、王命による縁結びである。『魔力の高い者同士を添わせて、その子どもたちを未来の魔法師候補にする』という苦し紛れの大義を掲げて断行された婚姻は、想い合う婚約者同士や恋人たちを引き裂くこともあった。

令嬢たちの新たな婚約者として選ばれたのは、討伐に参加せずにすんだ貴族学院の学生たちである。国王に人選を任されていた宰相は、その中で一番身分の高かった先代公爵を自分の娘の結婚相手に決めた。

「婚約者を亡くしたあの子の憔悴ぶりは見ていられなかったわ。まだ心の傷が癒えていないのに急に結婚が決まって、命を絶とうとしたほどよ。けれど王命を拒んで死ぬことも逃げることも許されなかった。だから未来の王宮魔法師を産むという大義を支えにして、己を奮い立たせるしかなかったの。以来、目的のためには手段を選ばなくなった」

「そのときに縁組された夫婦の子どものうち、カイル様だけが特級魔法師になられたんですよね？」

「ええ。カイルの存在は、あの子の救いになったはずよ。この婚姻に意味はあったのだと信じることができたから。それなのに夫の隠し子が稀に見る『虹の瞳』だなんてショックだったでしょうね」

「だからって、人を傷つけていいわけじゃない」

カイル様が苦虫を噛み潰したような顔になる。

「そうね。あの子は壊れてしまったの。わたくしは友達だったのに、何もしてあげられなかったわ」

王妃様は悲しげに目を伏せ、殿下が慰めるように母親の手を握った。

私はエルドン前公爵夫人の事情を知り、憎めなくなってしまった。だって自分が彼女の立場だったとしても、絶対に壊れる。大切な人を喪《うしな》い、親には無理を強いられ、夫とは愛を育めなかった。ずっと孤独だったんだと思う。人は愛がないと生きていけないもの。

エルドン前公爵夫人の目に、夫婦仲のよいお母様はさぞかしまぶしく映ったことだろう。そのお母様が自分の夫を奪い子まで生していたなんて、きっと深く傷ついたはずだ。

「せめて誤解が解ければいいのに……」

実母のドーラも決して順風満帆な人生とは言えない。母親だと名乗れなかったし、最愛の人との結婚は叶わず、帰らぬ人となった際も葬儀にすら参列できなかった。これ以上、傷ついてほしくない。

「ならば彼女に真実を教えてやればいい。ついでに誰もシャノン嬢を利用できないように、婚約発表でもしたらどうだ？　相手は、ほかの男ではダメなのか？　ブライス伯爵家の令息なんて、まだ婚約者もいないし性格も温厚だぞ」

「妹たちは精霊王に愛を誓い、祝福されています。違えることはできませんよ」

殿下が手っ取り早く貴族の嫡男との結婚を勧めたため、すかさずカイル様が助けてくれた。

王宮魔法師のカイル様は、精霊の書が改竄された事実や『虹の瞳』が生まれる条件を魔法研究として発表しようと準備中なので、言葉に説得力がある。

「ほう、愛し子に与えられる『精霊の祝福』か」

「は、はい。精霊たちの声を聞きました。精霊王に偽りを誓ってはいけないのだそうです」

「なら、引き裂くわけにはいかないね。人々にとって精霊は尊ぶべきものだ」

殿下はあっさりと引き下がった。

「シャノンちゃんの事情はわかったわ。嘘が醜聞として広まる前にどうにかしましょう。あの子のためにも」

王妃様は意を決したようにすっくと立ち上がり、この日のお茶会が終了したのだった。


そのあと、お父様が王宮に呼び出されて、あっという間にいろいろなことが決まった。王家が本気を出すとすごい。

まず実母のドーラが男爵家の籍に戻り、表向きにもお母様と姉妹になった。それに伴い私の籍は、ドーラと先代公爵の子として生まれ、ハーシェル家の養女になるという本来あるべき形に修正された。ハリーはファレル侯爵のご厚意で傍系のモートン子爵の養子となったが、書類上のことなので生活は今と変わらない。

これでとりあえずは、伯爵令嬢と子爵令息として貴族同士の婚約が調った。しかしハリーは爵位を継げない。そのため私が女男爵となり、婿入りしてもらうことになった。

「王宮魔法師は、三級以上で男爵位相当になる。シャノン嬢が爵位を得るには、それが一番手っ取り早い」とのカイル様の勧めで、王宮魔法師になることにしたのだ。けれど実際に働くわけではない。『精霊の愛し子』として王宮の所属となり、地位と王家の後見を得られるようになったという話だ。

貴族の中では低位の男爵だが、王家だけでなくエルドン公爵家とファレル侯爵家、ハーシェル伯爵家が後ろ盾につくので立場は強い。

結婚後はハーシェル男爵夫妻となり、ハリーはサイラスの右腕として、私もこのまま魔法付与師の仕事を続けられることになっている。

そして次の王宮舞踏会で『精霊の愛し子』としてお披露目《ひろめ》と婚約発表をすることも決まった。

「結婚して平民になる予定だったのに、私が女男爵ですって！　王家の後ろ盾までついちゃって、立派すぎやしないかしら」

私は呆然となり、ハリーに「シャノン様、しっかりしてください。私なんて、平民からいきなり子爵令息なんですから」と肩を揺さぶられる。

これで領地まで与えられていたら、パニックを起こしていたに違いない。魔法付与師と領主の両立なんて、要領の悪い私には絶対に無理だ。お父様たちはそれを見越して、できる限り現状を維持する形で体裁を整えてくれたのだと思う。

「ごめんね、ハリー。クリントン家の嫡男だったのに、婿入りすることになっちゃって」

「大丈夫ですよ。ジミーがいますし、貴族ではないですから家の存続とか考えなくていいので」

「ハリー」

「シャノン様」

ひっしと抱き合う私たち。

「コラッ、そこの二人、離れなさいっ！」

お父様に見咎められたので、私はハリーの手を取って逃げ出した。後ろから「まったく油断も隙もない」とぼやく声が聞こえる。まあ、誰もいないと思って玄関ホールで抱き合ってしまった私たちが悪いのだけれど。

二人でクスクスと笑いながら廊下を抜けて中庭に駆け込む。

ハニーブラウンの瞳に見つめられ、チビな私は目いっぱい腕を伸ばしてハリーの首に抱きついた。

「愛しています、シャノン様」

「私も」

ハリーが腰をかがめて私にキスをする。

ああ、二人の世界だ。

「シャノンお嬢様ぁ～、どちらにいらっしゃいますか？　奥様がお呼びですよぉ」

せっかくいいムードなのに、私を探すハワード夫人の声が水を差す。その瞬間、びっくりして二人の体がパッと離れた。

残念だが仕方ない。今、我が家は私のお披露目と結婚準備で、てんやわんやなのだ。大急ぎで夜会用のドレスも仕立てなければならず、今までの、のほほんとした生活が嘘のように忙しい。

「はーい、今行きまーす」

私は渋々返事をして、お母様の部屋へ向かう。

ハリーはお父様に見つかってしまい大量の仕事を押しつけられていた。「イチャイチャする暇があるなら仕事しろ」ということらしい。

なんて狭量な！　と思わなくもないけれど、王家との話し合いで一番大変だったのはお父様だから我慢してあげよう。

＊＊＊

そんな折、従者の男を伴いジェナが訪ねてきた。

カイル様の使いだろう。このところ魔法研究の発表準備のため屋敷にこもりきりなので、すっかりご無沙汰《ぶさた》している。こうしてジェナが代理でやって来ても不思議ではない。

「こんにちは。ジェナを代理に立てるなんて、カイル様はずいぶんお忙しいのですね」

ジェナと従者を応接間に案内し、ハリーと二人で応対する。

「お久しぶりでございます。この者はルーマン。本日はお願いがあって参りました」

「ルーマンと申します。『虹の瞳』の御方にお会いできて光栄です」

二人は深々と頭を下げた。

いきなり示した最敬礼に、私とハリーは戸惑う。

ルーマンが『虹の瞳』と呼んだのも気になった。カイル様よりも年上に見えるので、三十歳くらいだろうか。黒い瞳はこの国ではめずらしく、大陸の中央から北でよく見られる。手入れの行き届いた黒茶の艶髪と金糸が入った上等な上着で、上流階級の人なのだとすぐにわかった。

「お座りになってください。それで、カイル様のお願いとはなんですか？」

私が促すと、彼らは顔を上げ遠慮がちにソファに腰を下ろす。そしてジェナが「いえ、カイル様は関係ありません。実は――」と切り出した。

「ルーマンはピチュメ王国の密使なのです」

紹介されたルーマンが優雅にお辞儀をする。

ジェナは私がエルドン公爵邸に着いたその日に、ピチュメ王国の諜報員に連絡し情報を渡していた。先代公爵に『虹の瞳』の隠し子がいると知った国王の命令で、ルーマンがはるばるヨゼラード王国までやって来たのはつい先日のことだそうだ。

「ということは、ジェナ殿はピチュメ王国の人間なのですね。あなたの役目はピチュメ王家の血を引く現公爵の監視ですか？　万が一『虹の瞳』が生まれたら、いち早く祖国に知らせるために」

　ハリーが鋭く指摘した。

「はい。私は王女殿下のたった一人の小間使いでした。十二歳のとき、実家の伯爵家に厄介払いされたところを拾われまして、以来ずっとお仕えしてまいりました」

　虐げられていた者同士ということもあり、年上の王女を姉のように慕っていたという。王女の結婚が決まったときは、定期的に様子を知らせることを条件にやっとのことで随行が許された。でなければ、王女は文字通り一人ぼっちで遠方の国へ嫁入りすることになっていただろう。それだけは、どうしても避けたかったのだそうだ。

「祖国に『虹の瞳』の情報を渡しはしましたが、エルドン公爵家に誠心誠意お仕えする気持ちに嘘はありません」

「忠誠心から、エルドン夫人に私のことを知らせたんですか？」

　ピチュメ王国とエルドン前公爵夫人の双方に告げ口した意図がわからず、疑問をぶつけた。

　するとルーマンが優しく微笑む。

「どうか、ジェナを責めないでください。彼女はピチュメで生まれたんです。どこにいようと精霊信仰は捨てられません」

「精霊……信仰……」

「愛国心のようなものですよ。私たちピチュメの民は、幼き日より精霊王からもたらされる恩恵に感謝を捧げて生きているのです。精霊の愛し子であられる国王は別格の存在。臣下たる貴族であればなおのことです。ジェナは王女の腹心でしたから、王家の危機を無視できるはずがありません」

ジェナは、ルーマンの話を無表情で聞いている。

突然、ハリーが警戒するように隣に座る私の腰を引き寄せた。

「閣下と破談になるのを見越して、シャノン様の存在が王妃陛下の耳に入るようにわざと画策したんですね？　王都に引き止めて密使到着の時間を稼ぐために」

「密使到着のための時間稼ぎ？　どうして……」

「ルーマン卿は、シャノン様をピチュメ王国へ連れて帰りたいんですよ。ヨゼラード王家も前王弟の孫が『虹の瞳』だと知れば放置はできません。当然、王宮に召すことになります。そうなれば、こちらも勝手に領地へ帰るわけにいかないでしょう」

「じゃあ、お願いって……」

ルーマンが「そうです」とにこやかに頷いた。

「ハーシェル伯爵令嬢、どうか私と一緒にピチュメ王国へいらしてください」

「それは、いずれ王位を継げということですか？　無茶ですよ」

「ですが、あなた様がいらっしゃらないとピチュメの王位継承が途絶えてしまいます」

そう言って困ったように眉を八の字にするルーマンの横で、ジェナも頭を下げる。

「ピチュメ王家には、この先いつ『虹の瞳』が生まれるかわかりません。シャノン様だけが希望なんです」

この二人は、『虹の瞳』の生まれる条件のことをまだ知らないのだ。カイル様も当事者でないジェナには報告しないだろうし、忙しくてそれどころじゃないのだと思う。こんなふうに切羽詰まっているのならきちんと説明したいけれど、これから発表しようとしている研究内容を勝手に教えてしまってもいいのか悩む。

「あのぉ、このことはカイル様には――」

「カイル様は、私がいまだに祖国と繋がっていることを知りません」

「あ……ですよね。ええっと、私はあなた方のご要望にお応えできないので、この件は――」

この話はカイル様を交えたほうがいい。そう判断して口を開きかけたとき。

「失礼いたします」

グレタがお茶を運んできた。

焼き立てのビスケットの甘い匂いが鼻をくすぐり、緊張が緩む。だから油断してしまった。

ルーマンの席にカップが置かれた瞬間、彼は素早くグレタの腕を掴《つか》み動きを封じたのだ。立ち上がり首にナイフを当てている。

「グレタ!」

グレタを人質に取られて焦った私を見て、ルーマンが冷笑を浮かべた。

「お嬢!」

私の叫び声を聞いて、扉の外に控えていたジミーが部屋に飛び込んできた。首にナイフを当てられたグレタを見て息を呑む。

「オレのグレタになんてことしやがるっ!」

「動かないでください。こちらも手荒なことはしたくない」

ルーマンが真顔でナイフを持つ手に力を込めると、ジミーから殺気が溢れる。

このままでは死人が出るかもしれない。グレタに少しでも傷がつけば、ジミーはルーマンを生かしておかないだろう。これは、まずい。

「ち、ちょっと、落ち着きましょう。話せばわかります、話せば」

私がルーマンを宥めにかかれば、ジミーは「こんなヤツ、殺したほうが早いっす」とやる気満々。

一方のハリーは私を守るように体を抱き込んでいる。こんなときに限って、結界付与のアクセサリーをつけ忘れてしまったからだ。

「ハーシェル伯爵令嬢、大人しくピチュメ王国へいらしてください。あなたが承諾してくだされば、すべて解決するんです」

再びルーマンに要求を突きつけられる。

「なんだとぉ！」

ジミーの殺気が膨れ上がった。いや、ジミーだけではない、ハリーもだ。無言でルーマンを睨んでいる。その鋭い眼光は、氷よりも冷たい。

「私に攻撃は効かない。この服には物理と魔法、両方の攻撃を回避する防御魔法が付与されているのでね」

そう言われてしまうと一歩踏み出したジミーの足が止まる。

するとジェナが「すみません。私たちも必死なのです」と申し訳なさそうに謝罪した。

「えーと、とにかく落ち着きましょう。ジミーも、ね？　人殺しはよくないわ」

「でもお嬢、こいつグレタを人質にしているんですよ？　始末したほうがいいっすよ！　国交なんてないも同然の国の使者が一人消えたからって、誰も騒ぎやしませんて」

ジミーは不敵に笑い、「ふんっ」と力んで身体強化魔法を発動させた。以前、私が付与した『血吸いの呪い』の短剣を腰から抜き、ルーマンと対峙《たいじ》する。ルーマンの防御より強い攻撃を仕掛けるつもりだ。『血吸いの呪い』は失敗したときの保険だろう。これは相当、頭に血が上っている。

「う、動くな！　それ以上近づいたら、この女の命はないっ」

じりじりと間合いを詰めていくジミーに対して、ルーマンが慌てたように警告を発した。両者は睨み合い、空気が緊迫する。

「ジミー、やめて！　ちょっと、グレタからもなんとか言ってよ。部屋が血の海になっちゃう」

ジミーが言うことを聞きそうにないので、グレタに助けを求めた。本当は、こちらが助ける側なんだけれども。

「しょうがないですねぇ」

グレタがため息を吐く。

その直後、ルーマンの手からナイフが滑り落ちた。ガクンと膝を折り、あっけなく床に転がる。

自由になったグレタは冷静にナイフを拾い「殺しちゃダメですよ」とジミーの傍まで歩いていった。

「グレタ！」

ジミーはグレタを抱き寄せたあと、ルーマンの防御魔法付きの上着を脱がせて縛り上げた。ご丁寧にペチペチと頬をひっぱたいて、攻撃が通用することを確かめている。

「ルーマン？」

ジェナがおそるおそる呼びかけるが反応はない。グレタの安眠魔法で眠っているのだ。微笑みをたたえながら気持ちよさそうに。

眠りの魔法は攻撃ではないので、防御魔法に弾かれることはない。戦場では緊張したり気が高ぶったりして眠れないこともある。だから私たち魔法付与師も、特に指定がない限り安眠魔法を防いだりはしないのだ。

「魔法で眠らせました。強めにかけましたから、しばらく起きませんよ」

グレタがジェナに説明する。

無事なことに安堵したのか、ジェナは力が抜けたようにへなへなと床に座り込んでしまった。

「グレタさんを害するつもりはありませんでした。私がルーマンをそそのかしたんです。成功するとは思っていませんでしたよ。彼は文官ですから、護衛のジミーさんには勝てません。けれど、こうせずにはいられませんでした」

「とにかく座ってください」

ジェナはもう若くないので、あまり無理をさせられない。近くにいたジミーがジェナを支えて、そっとソファに座らせた。

「どういうことなんですか？」

私が問うと、ジェナは静かに話し始めた。

「本当はシャノン様を次期王太女として迎え入れるために、ヨゼラード王家と交渉する予定でした。王家が頷けば、伯爵家は拒否できないでしょうから。ですがルーマンが到着する前に、国王の計らいでシャノン様の婚約が調い計画が狂ったのです」

私は『チビで引きこもり』のモテない令嬢だから、カイル様との破談後すぐの婚約は考えにくい。おそらく精霊の祝福がなかったら、王家もここまで迅速《じんそく》に動いていなかっただろう。

お茶会での王妃様の口ぶりでは、この国の王位継承争いの火種となりかねない私のことを持て余していたようだし、ルーマンの到着がもう少し早かったら彼らの企みは成功していたのかもしれない。

「王家の決めた縁談に横槍を入れるようなまねをして、ヨゼラード国王の顔に泥を塗るわけにはいきませんからね。ジェナ殿は、まさかこんなに早くシャノン様の婚約が決まるとは思わなかったのでしょう？　焦ったのではないですか」

ハリーが尋ねると、ジェナはこくりと頷いた。

「はい。それで一か八かの賭けに出ました。シャノン様と直接交渉して秘密裏に国を出よう、と。ルーマンには『シャノン様はお優しい方だから、つけ入る隙がある』と言いくるめました」

「どうしてそこまでして……」

つい疑問が口から出た。

ジェナは、まだ眠っていることを確認するようにルーマンを見た。聞かれたくない話なのだろう。

「王女殿下の孫であられるシャノン様に、王位を継いでほしかったからですよ。ピチュメ王家に一矢報いてやりたかったのです」

あちらの国にいたら不敬罪に問われそうな言葉が飛び出した。

「ですがジェナにとって、ピチュメ国王は特別な存在では？　ルーマンが愛国心のようなものだと」

私の問いかけに、ジェナはフッと口の端を上げて嗤う。

「確かに、祖国が平穏無事であってほしいという思いはございます。けれど私たちは虐げられていたのです。『虹の瞳』の王が別格であればあるほど、薄紫の瞳の王女殿下は実母の側妃様からも嫌われ、皆から『精霊の忌み子』として蔑まれました。一国の王女が毎日の食事に事欠くなんて、あの頃の辛さは一言では言い表せません。挙句の果てに、国から追放されるように嫁に出されて……」

ジェナの声がかすれた。グレタに差し出されたカップを受け取り、冷めた紅茶を一口飲んでから「けれど……」と続ける。

「その忌み子の血統から『虹の瞳』が生まれたのです。もし女王になられたら、これほど胸のすくことがあるでしょうか。初めてシャノン様とお会いした日、カイル様の異母妹だと直感して歓喜しました。ようやく王女殿下の苦労が報われる時が来たのだ、と」

「ジェナ殿にとっては、愛国心と復讐心を同時に満たせて一石二鳥ですね」

自己満足なのではないかと含みを持たせてハリーが言うと、「ええ……愚かですね。こんなことをしても王女殿下も母親の側妃様もあの頃の王家の方々は、もう一人もいらっしゃらないのに……」と力ない声が返ってきた。

「私はピチュメ王国へ行くつもりはありません」

王女とジェナの境遇には同情するが、期待されても困るので改めてしっかりと断る。

「皆に敬われる女王になれるとしてもですか？　私の恨みはともかく、ピチュメの王位継承がシャノン様にかかっているのは事実なんです」

「私は女王ではなく、ただの魔法付与師として生きていきたいの。そしてハリーと結婚して、愛し愛される温かな家庭を築いていくつもりです」

ジェナは項垂れてしまった。生きる気力を失ったかのように青ざめている。

「そんなに気を落とさないで。実は『虹の瞳』が生まれる条件がわかったんです。カイル様はそのことを発表するために今準備なさっているから、きっと今後も王位は継承されていきますよ」

ピチュメ王国の王太子が無理だったとしても、ほかの王族が愛する人と結ばれれば『虹の瞳』は生まれる。カイル様にだって、いずれ好きな女性ができるかもしれない。

今後、精霊の書が修正されてピチュメ王族の恋愛結婚が当たり前になったら『精霊の祝福』を授かる虹の子が増えていくだろう。そして精霊の声に導かれ、愛に満ち溢れた国になる。王女がこの国へ嫁いだからこそ訪れる未来だ。そのときに、本当の意味で苦労が報われるのではないだろうか。

「カイル様が……？」

ジェナは驚いたように顔を上げた。

「近々、ヴェハイム帝国で開催される魔法研究学会で公になさるはずです」とハリーが答えた。

帝国の魔法研究学会は、世界各国から優秀な魔法師たちが集う。当然、ピチュメ王国からも参加する。ピチュメ王族特有の青紫の瞳を持つカイル様の発表は、注目を浴びるだろう。

「そうですか」

落ち着きを取り戻したジェナの瞳に希望の光が宿る。唇が弧《こ》を描き、笑みがこぼれた。


そのすぐあと、ジェナの暴挙を知ったカイル様が駆けつけた。

「うちの者がご迷惑をおかけして申し訳ないっ」

床に転がるルーマンに驚愕し、よもや長年仕えていたジェナがこのような愚行に走るとは思わなかったと謝罪する。

騒ぎを大きくして国際問題にするよりは……と、私は後始末をカイル様に任せて内々で処理することにした。不幸中の幸いで両親は展覧会へ、サイラスは学院に行っていて留守だったから騒ぎを知っているのは、その場にいたハリーとグレタとジミーだけだ。

その決定にへそを曲げて「やっぱり一発殴ってやる」とごねていたジミーも、前から行きたがっていたコッペ温泉の婚前旅行をプレゼントすることでコロッと手のひらを返した。

数日後に届いたジェナの詫び状には、退職してエルドン公爵領にある小さな家で隠居生活を送ることになったと綴られていた。ずっと仕えてきた王女の眠る地で生涯を終えたいのだ、と。

密使のルーマンは不問とする代わりに、研究発表の手伝いをさせられている。ヨゼラード王国ではなかなか手に入らない資料を集めたり、翻訳したり、とても役に立っているらしい。

「私を王配にして女王になるという発想はなかったんですか？」とハリーに訊かれたので、首を横に振った。

「興味ないもん。それにカイル様が研究を発表したら、ピチュメ王家に『虹の瞳』が生まれる可能性が高くなるでしょ？　そうしたら余所者の私は邪魔になるもの」

最悪、暗殺なんてことになりかねない。

「それもそうですね」

このままこの国で、平穏に暮らしていきたい。心からそう思った。

7章

精霊の愛し子としてのお披露目を明日に控え、私はフンフンと鼻歌交じりに衣装の最終確認をしていた。

毎年、社交シーズンの最後に開かれる王宮舞踏会では、魔物討伐の功労者へ褒賞が与えられる恒例行事がある。主だった貴族が一堂に会する直近の機会であったため、新たに発表の場を設けるよりも早かろうという国王陛下のご配慮により、このタイミングでのお披露目となった。

大幅な時間短縮になったとはいえ、すでに水面下ではお母様の不義の噂が広まりつつあるらしい。王妃様が抑えてくださっているものの、人の口に戸は立てられぬということだろう。

学院から帰宅したばかりのサイラスが様子を窺いにやって来た。校章入り濃紺ジャケットに金ボタンの制服姿、片手に革鞄を持っている。

「シャノン姉様、なんか変わったよね。強くなったというか、自分に自信を持つようになったというか。今まではこんな一大イベントを控えて鼻歌を歌うような余裕、なかったでしょ」

「そうかしら？」

「そうだよ」

心配して損しちゃった、とサイラスは拍子抜けしたようにソファの背にもたれかかった。

「言われてみれば、そうかもしれないわね。以前は、ハリーに愛されているベティお姉様のことが羨ましかったし、お母様はチビな私が恥ずかしいから外に出さないんだと思っていて、何よりそういう卑屈な考え方しかできない自分が嫌いだったの。でも違ったわけじゃない？　自分の世界が全部ひっくり返って、それで吹っ切れたのかな」

今でも自分に自信があるわけじゃない。もしそう見えるのだとすれば、きっとハリーが精霊に愛を誓ってくれたお陰だ。嘘偽りのないあの日の言葉が、私の心に揺るぎない平穏をもたらしてくれる。

「あのさ、ハリーがシャノン姉様を好きなのは、皆、気づいてたよ。知らなかったのは、当人くらいなものだよ」

「ええっ」

「ハリーとジミーはわかりやすいんだ。父親のマイルズも大恋愛の末に結婚したらしいし、あれはクリントン家の血筋だね。ハリーは父上の手前、隠していたみたいだけどさ、いつもシャノン姉様ばかり見ているんだから、そりゃバレるよね」

そうか、そんなに前から――。周りからどんな目で見られていたのだろうかと、頬が熱くなる。

きっとベティお姉様も知っていたんだ。すぐ発覚して終わるはずの嘘だったのに、危うく離婚になりかけてさぞかし慌てたことだろう。

「えっと、私のことよりサイラスはどうなのよ？　侯爵令嬢のアイリス様とは」

照れ隠しに話を変えれば、今度はサイラスが頬を染めた。

「な、なんですかっ、急に？」

「好きなのかと思って。早くしないと求婚者が現れてしまうわよ」

「だから、彼女は高嶺の花だって……あ、でも明日の舞踏会でパートナーになれたんだ」

ベティお姉様の口利きがあったらしい。ファレル侯爵家と交流があり、アイリス嬢の母親ともお茶会を通して親しくしているそうだ。こっそりサイラスの初恋を告げ口した甲斐があった。

「やったじゃない！　プレゼントを贈ったら？　婚約者じゃないからドレスを贈るのはやりすぎだけど、髪飾りやブレスレットならいいのではないの？『今夜のお礼に』って気軽に」

「えええええっ！　ちょっと待って。相手は、あのアイリス嬢なんだよ？　受け取ってもらえるかな」

「大丈夫よ！　サイラスは美男で優しい自慢の弟だもの。保証する！」

「それって、身びいきすぎやしない⁉」

サイラスが及び腰になるので、私はジミーを呼んで協力を仰いだ。

「そういうことなら、お安い御用っす！」

「な、何するんだっ」

快諾したジミーが、嫌がるサイラスを身体強化魔法で軽々と担ぎ上げ、馬車に乗り込む。こうして私たちは、お母様が懇意にしている宝飾店へと向かったのだった。

店に着いてしまえば、渋々だったサイラスも熱心に贈り物を吟味し始めた。

長い時間をかけて選んだのは、白蝶貝の髪飾りだ。普段でも気軽に使えるよう配慮したのだろう。どんな衣装にも合わせやすい白、飽きのこない定番のデザインでありながら、職人が丹精込めたのだとわかる一点物である。

私はその白蝶貝に結界魔法を付与した。いつか義妹になるかもしれないご令嬢へのサービスのつもりだ。

カイル様に教わって以来、一回だった付与作業を二回に分けるようにしたので、もう魔力切れで倒れることはない。そのぶん魔力コントロールにコツがいるが、体は格段に楽になった。まだまだ学ぶべきことがある。やはり魔法は奥が深い。

「それ、『気軽』じゃなくなったんじゃありませんか？」

結界付与のせいで髪飾りが一等地の高級アパートメントと同じ値段になったと、ハリーに指摘されてしまった。

「言わなきゃいいんじゃないの？」

私がすっとぼけると、ハリーも「そうですね」と真面目な顔で同意した。


舞踏会当日、私はハリーとおそろいの青紫を基調とした衣装に身を包んだ。色付き眼鏡はしていない。お母様はお父様の瞳と同じ薄紫のドレス、サイラスはアイリス嬢の瞳に合わせて青いポケットチーフを挿している。それぞれがパートナーを意識した装いというわけだ。

あとは馬車の準備だけなのだが、出発までまだ時間があるので私はお母様の部屋で待つ。

今夜の発表のことは、事前にエルドン前公爵夫人に知らせてある。王妃様が温室のお茶会に招待し、お母様と共に真実を話したのである。

『双子ですって！　バカにしないでくださる？　大方、夫に見捨てられるのが怖くてそんな嘘を吐いているのでしょう。王妃陛下ともあろう方が、その女の戯言を真に受けるだなんて――』

まるで信じようとせず、目を吊り上げていたそうだ。

初めて会った日にも、カイル様とそっくりな切れ長の瞳で怒気をみなぎらせていた。あれは怖い。

その場にいたお母様に同情する。

「何度説明しても聞く耳持たず、よ。嫌になっちゃうわ。わたくし、以前から彼女に目の敵にされているのよねぇ。だから余計に機嫌が悪くなっちゃって」

うんざりしているお母様に、ドーラが「ごめんなさい、わたくしのせいで……」と謝った。

「どうして目の敵にされているんですか。何かきっかけでもあったの？」

「さあ？」

お母様が心当たりがないと首を傾げれば、ドーラが「実は……」と白状する。

「貴族学院の帰り、彼とデート中にカフェで鉢合わせしたことがあって……。その場はなんとか誤魔化したけれど、違和感を覚えたのでしょうね。女の勘は侮れませんから」

「あら、そうなの？　元恋人だと思われていたってことじゃないの。ヤダ、教えておいてよ。入れ替わるのに情報共有は大事でしょ。これからは気をつけてよ」

今後も入れ替わる気らしい。

ドーラも同じことを思ったらしく「さすがに、もう入れ替わる機会はないわよ」と姉妹らしい砕けた調子で笑った。

「あのあと、すぐにノーラの婚約が決まったから言うのを忘れていたのよ。あの頃は彼に色目を使うご令嬢があとを絶たなかったから、エルドン夫人もそちらの対応に忙しくて――」

身分の高い先代公爵には、王命の婚約が決まったあとも愛人狙いの令嬢が殺到したのだという。条件の悪い家へ嫁がせるよりはと、家族ぐるみで娘を応援するケースもあったそうだ。

高位貴族の中でも羽振りのいい家の令息は似たような状態だったらしい。愛人希望の令嬢を拒絶する家もあれば、歓迎する家もあった。王命で縁組されたうちの何組かは両家の取り決めにより、引き裂かれた恋人や婚約者を堂々と愛人に迎えることもあったという。

「そういう時代だったわね。平民に嫁いだ低位貴族のご令嬢も多かったんじゃないかしら。わたくしは運がよかったわ」

お母様は懐かしそうに目を細めた。

当時の背景を鑑みれば、男爵家から伯爵家に嫁いだお母様は玉の輿といえるのだろう。

扉がノックされ、ハリーが顔を出した。

「馬車の用意が整いました」

「ハリー！」

飛びつく私を受け止めながら、ハリーが相好を崩す。

「シャノン様！　ドレス、よく似合っていますよ」

「ふふ、ハリーも素敵よ」

お母様とドーラが顔を見合わせ、二人の世界に浸る私たちに呆れている。

ここにお父様がいたら「油断も隙もあったもんじゃない」と、ぼやいていただろう。

「さあ、行きましょう。遅刻しちゃうわ」

お母様が私たちを押しのけるようにして部屋を出て行った。

ミントグリーンのドレスを着たドーラもあとに続く。一緒に舞踏会へ行くのだ。

「本当に双子だ……！」

すれ違いざま、初めてドーラの素顔を見たハリーは仰天した。


私たちハーシェル家一行が、きらびやかな王宮のホールに足を踏み入れると周囲が騒めいた。双子に驚いているのだ。

ミルクティー色の髪にぱっちりとしたエメラルドの瞳。色違いのドレス。いつもは地味な装いのドーラも、今日ばかりはお母様に負けない華やかさがある。

エルドン前公爵夫人の誤解を解き、お母様の不貞の噂を払拭するために、ただ一度だけ私の実母として表舞台に立つことを承諾してくれたのだ。

「ご覧になって？　ハーシェル伯爵夫人ですわ」

「まあ、瓜二つですこと！　あの方は……？」

「双子の妹君らしいですわよ。男爵家のご息女だとか。あの噂は伯爵夫人ではなく、妹君のことだと耳にしましたわ」

「あら、そうなんですの。わたくしは、てっきり……」

「どうやら事情があって結ばれなかった恋人との子どもを姉夫婦の養女に、というのが真相のようですわね」

「では、あの小さなご令嬢が閣下の――」

ご婦人たちが囁き合っているさなか、王妃様の手の者が会話に交じって正しい情報に上書きしていく。お母様の不貞は事実ではないと納得したあとは、娘の私に興味が移る。

妻をエスコートする高位貴族と思しき一部の紳士たちが「あの瞳は……」と目を見張った。

今夜、王家から何かしらの発表があることは各家の当主たちへ根回しされている。彼らは、やっと公の場に姿を現したハーシェル家の引きこもり令嬢を見て、この娘のことだと予想しているはずだ。

エルドン公爵家、先代当主の隠し子……王家の血筋――。

人々の刺すような視線に慄いて、エスコートするハリーの腕をぎゅっと掴んだ。

私の胸中を察して、ハリーはさりげなく私の腰を抱き、守るように歩く。すると令嬢たちがハリーに注目した。

「あの令息はどなたかしら？」

「素敵！　お近づきになりたいわ」

「あら、お二人のあの感じではもう遅いのではなくて？」

「まだそうと決まったわけじゃありませんわ。わたくし、スタイルには自信がありますの」

「確かにあの小さな令嬢よりは、まだわたくしのほうが……」

そんな会話が聞こえてくる。彼女たちが発する、獲物を狙う肉食動物のようなギラギラしたオーラに気圧されそうになった。

背の高いハリーを見上げて「ボンキュッボン美女に狙われてるわよ」と教えてあげると、かがむように私の耳元に顔を近づけ「シャノン様には指一本触れさせません」と囁く。いや、狙われているのは私じゃないから。

キスできそうなほど顔を近づけている私たちに衝撃を受けたのか、令嬢たちから「キャッ」と黄色い声が上がった。

何人かの令嬢の私を見る目が侮蔑《ぶべつ》から嫉妬の混じったものへと変わり、やっぱり色付き眼鏡をかけてくればよかったと後悔する。

サイラスはアイリス嬢のエスコートのため別行動だ。サッと会場を見渡すと、ベティお姉様たちと合流して歓談している。好奇の目から逃れられて、正直、羨ましい。

令息たちが、サイラスの隣にいるお人形のような美しい顔立ちの令嬢をチラチラと見ている。なるほど、艶やかな金髪には白蝶貝がよく似合いそうだ。

「ごきげんよう、ハーシェル伯爵」

「ご無沙汰しております、閣下。学会の準備は順調ですか」

カイル様が私たちを見つけ、お父様と軽く挨拶を交わす。母親のエルドン前公爵夫人を伴っており、彼女の口は弧を描き笑顔を作っているものの、不機嫌さが細い眉に表れている。

「本当に双子でしたのね……」

「ええ……」

エルドン前公爵夫人の独り言のような呟きに、お母様が同じく呟きで応じた。

ドーラは静かに頭を下げた。先代公爵と関係を持っていたことへの謝罪だ。

エルドン前公爵夫人は、じっとドーラを見つめている。

やがて痺れを切らしたようにカイル様が「母上」と諫めた。

「……顔をお上げなさい。謝罪は必要ないわ。わたくしはこれで失礼します。陛下に退出の許可をいただいていますから」

前公爵夫人はそれだけ告げると踵を返し、カツカツと靴音を鳴らして行ってしまった。

カイル様は、やれやれというふうに肩をすくめた。

「息子を置いて帰るなんて、母の気まぐれにも困ったものだ。もしよろしければ、ドーラ殿のエスコートをさせていただけませんか」

現当主であるカイル様の申し出に、ドーラが「喜んで」と差し伸べられた手を取った。これはエルドン家がドーラを認めたということだ。

王家の後ろ盾を得た私と対立したままでは、エルドン前公爵夫人の立場が悪くなりかねない。両者の友好関係を世間にアピールしておいたほうがよいと、王妃様がかつての友のためにこの茶番を用意したのである。

そしてきっと彼女はエルドン家の今後のために、不本意ながらも己を欺き続けてきた相手を許す選択をしたのだ。

「私、ちょっと行ってくる」

ハリーから離れ、エルドン前公爵夫人を追いかけた。「どこへ行くの？　もうすぐ始まるわよ」とお母様が止めるのも聞かずに。

人気のない所で小走りして、やっと馬車の乗り場へ向かうエルドン前公爵夫人の姿が見えた。

「待って、待ってくださいっ」

ゼイゼイと肩で息をしながら呼び止める。

エルドン前公爵夫人は、令嬢らしからぬお転婆《てんば》ぶりを発揮した私に眉を顰めた。それから従者に馬車の手配を指示して、二人きりになったところで私と対峙するように立つ。

「王家の血筋の令嬢が、はしたない。お戻りなさい」

「ですがっ……」

馬車寄せが近いため、夜風が吹き込みエルドン前公爵夫人の銀髪を揺らした。青い瞳が冷たい光を放つ。

「わたくしはね、この国で最高の魔法師を産むのだと決意していたわ。そのための縁組ですもの、当然妻であるわたくしの役目よ。愛人の出る幕なんてない。夫に言い寄る女はすべて排除したのに、よりにもよって『虹の瞳』が生まれていたなんてね。まさかあの女が双子だとは思わなかった。わたくしは負けたの。これで満足?」

扇子で口元を隠し、自嘲《じちょう》気味に話す。

私は首を横に振った。

「いいえ、エルドン夫人の勝利です。だってご子息のカイル様は、まぎれもなくこの国で最高の魔法師じゃないですか。魔法付与だけが取り柄の私なんて、足元にも及びません。国の安寧《あんねい》が保たれているのは、カイル様が率先して魔物討伐に従軍し、魔の森の結界維持に努めているお陰です。これも先王陛下のご英断があったからではないでしょうか」

カイル様は愚断と評したが、どんな事情で結ばれたにせよ、この結婚は価値のあるものだった。この方がカイル様を産んだのは事実で、我々国民はその恩恵を受けているのだから。そのことだけは、どうしても伝えたかった。

「母のことは許さなくていいと思います。私が生まれたのは母のお陰なので複雑ですが、諦めるべき恋だったんです。憎まれて当然のことをしました」

貴人に愛人がいるのはめずらしくないとはいえ、それでも不倫はよくないことだと思う。もしハリーに隠し子がいたら、すごくショックだもの。

頭を下げると、エルドン前公爵夫人は呆れたようにため息を吐き「高貴な者は簡単に頭を下げてはなりません」と私の顔を上げさせた。

「あなた、お人好しね。そんなことじゃ、この先、苦労するわよ」

「申し訳ござい……あっ………」

言われたそばから謝ってしまい、エルドン前公爵夫人がクスッと笑う。

「これは内緒だけど……本当は夫が亡くなったとき、彼を不幸にしてしまったんじゃないかと後悔したの。わたくしに別の婚約者がいたのは知っているでしょ？　愛し合っていたわ。あの頃は、夫に寄り添うなんて微塵《みじん》も考えられなかった。そのくせ浮気も愛人も許さないって、自分勝手よね。あなたの存在を知って、憤る一方で安堵してもいたの。夫にも愛する人がいたんだ、って」

本音をこぼして、エルドン前公爵夫人の顔が穏やかになる。そうして私を見ると「あなたは夫に似ているわ」と懐かしむように言った。

「え……？」

てっきり母親似だと思っていたから意外だった。

そんな私の心を見透かすように、エルドン前公爵夫人は口角を上げる。

「外見ではなくってよ。あの人もあなたみたいに、まったく貴族らしいところがない変わり者だったわ。剣術にのめり込んで、三年前の定期討伐のときは自分の実力を試したいと防具に防御魔法をかけなかったのよ。カイルもいたし、我が家の財力なら結界魔法だって魔法付与師に依頼できたのに。でもまさか、夫まで魔物討伐で喪うことになるなんて思わなかった……」

その直後、従者が「大奥様、馬車の用意ができました」と知らせにきた。

「もっと精進なさい。もう少しマシなカーテシーができるようになったら、お茶会に招待してあげてもいいわ」

去り際の言葉が、どんな表情で発せられたのかはわからない。

「あ、ありがとうございます」

慌ててエルドン前公爵夫人の背中に叫んでも、振り向くことなく行ってしまったから。

遠ざかる彼女の濃紺のドレスが宵闇に溶けてゆき、月のような銀の髪だけが瞳に焼きついた。やがて馬車の扉が閉まり、馬が駆ける音がした。

「シャノン様、そろそろ戻りましょう」

タイミングを計ったようにハリーが声をかけてきた。

いつからそこにいたのだろう？　いや、おそらく最初からだ。私を追いかけて……全然、気がつかなかった。

「カーテシーの練習をしなくちゃ」

いつかもう一度、話せたらいい。

頑張ろう、と思った。

私とハリーが大急ぎで会場に滑り込むのと同時に、舞踏会が始まった。

両陛下と王太子夫妻、第二王子殿下と婚約者の令嬢が入場する。まさにギリギリのタイミングだ。

まずは国王陛下の挨拶、それから討伐隊への褒賞が行われる。

この夜会は、社交シーズンのあとに始まる秋の定期討伐に向け、兵士たちの士気を高める狙いがあるのだとお父様から教わった。そのためか騎士の礼装を纏った、いかにもという感じの精悍《せいかん》な軍人の姿が会場のあちらこちらで目についた。

「第三騎士団ジーン・ワイズ、前へ」

一人ずつ功労者の名が呼ばれ、望みの褒美を賜る。大抵はお金だ。たまに――。

「私はモーズリー伯爵令嬢との婚姻を望みます」

なんてこともある。

恋人の身分が自分よりも高い場合、魔物討伐で功績を上げて王命による結婚を願うのだそうだ。功労者に選ばれるような実力のある騎士は出世するので、お相手の家族からの反発はないらしい。むしろ「魔物討伐で功績を上げれば、娘との結婚を認めてやる」と焚きつける親もいるのだとか。

ただ、討伐で大怪我を負い退役、悪くすれば命を落とす危険もあるだけに、恋人の帰りを待つ令嬢は心配だろう。身分差のある恋を叶えるのは大変なのだと改めて感じた。

その場でジーン・ワイズの結婚が認められると、モーズリー伯爵令嬢らしき女性が涙ぐんだ。二人の恋を応援していたであろう騎士仲間たちに、祝いの言葉をかけられている。周囲から温かな拍手が送られ、和やかなムードが会場に広がった。

褒美の授与が終わり、いよいよ私たちの番になる。名前を呼ばれて、私とハリーは国王陛下の前へ進み出た。

柔和な笑みをたたえた陛下が、皆に語りかける。

「この場を借りて、私の従姪《いとこめい》を紹介させてほしい。シャノン・ハーシェル嬢と婚約者のハリー・モートン卿だ。青紫色の瞳を見て察した者もいると思うが、彼女は精霊の愛し子とされる『虹の瞳』の持ち主だ。今までハーシェル伯爵の庇護のもと、領地で暮らしていた。二人の婚姻に伴い、これからは公の場に出席することが増えるだろう。どうか温かく見守ってほしい」

割れんばかりの拍手が湧いた。

こんなに大勢の人の前に出るのは初めてだ。ハリーが養子先のモートンを名乗るのにも慣れていなくて、なんだかくすぐったい気分になる。

陛下が片手を挙げると会場がピタリと静かになった。

「ハーシェル嬢は魔法付与師として実績があり、今後は精霊の愛し子として王宮の三級魔法師を兼務することになった。よって慣例に従い一代限りの男爵位を授けることとする。異議のある者はいるか？」

沈黙が場を支配する中、おずおずと手を挙げる御仁がいた。「あの……」とか細い声を発した白髪の老紳士に、皆の視線が集まる。

「タウンゼント候、発言を許す」

タウンゼント侯爵は恭《うやうや》しく一礼した。そして、タウンゼント家は代々熱心に精霊を信仰しているのだと世情に疎い私にもわかるように自己紹介をしてから本題に入る。

「よもや生きている間に『虹の瞳《精霊の愛し子》』とお会いする機会を得られようとは、想像もしておりませんでした。ピチュメ王国においても、その瞳を持つ者は王と王太子のみ。それほど稀有《けう》な存在なのです。陛下、男爵位では低すぎやしませんか？　かの国の王位を望める方なのです。我ら信者にしてみれば、王子妃として迎えても足りません」

王子妃と聞いて、王族席にいる第二王子殿下の婚約者の顔が曇った。

彼女は西の国境に接する辺境伯のご令嬢だそうだ。王家も国を守る辺境との関係を壊したくはないはずだ。王妃様の表情も冴えない。このような声が上がることをお茶会でも懸念されていた――。

きっと私の顔も引きつっているだろう。「それもそうですわ」「王太子妃は無理でも、せめて第二王子妃に……」などとタウンゼント侯爵に同調する声が聞こえてきて、またハリーと引き裂かれるのではないかと気が気でない。

「うむ、タウンゼント候の言い分はもっともである。だが、この二人は精霊王に愛を誓い祝福されている身ゆえ、今さら王子妃などというのは現実的ではない。爵位については、シャノン嬢の希望を考慮した結果だ」

「ですが、一代限りというのはさすがに……」

タウンゼント侯爵は、国王陛下の説明に納得いかない様子だ。渋い顔をして食い下がる。

「あの、よろしいでしょうか？」

我慢できず私は挙手した。

「発言を許す」

「心遣いは嬉しいのですが、私は『虹の瞳』が国を乱すことを望んでいません。必要なのは高い身分を得ることではなく、王家の後見です。ですから、これから生まれる精霊の愛し子たちには、それぞれに一代限りの爵位をいただければ十分です。世襲では、兄弟の場合どちらか一人しか爵位を継げませんので」

どんなに高い爵位をもらっても、ハリーとの子が全員『虹の瞳』ならば、嫡男以外はいずれ平民になり王家の後ろ盾を失ってしまう。それでは意味がない。政治的に利用価値がなくなるくらい『虹の瞳』が増えれば後見も必要なくなるのだろうけど、それは早くても私の孫かひ孫の代の話だ。

「ハーシェル伯爵令嬢、あなたはご自分の産む子が『虹の瞳』だと？」

タウンゼント侯爵の声が、か細いものから力強さを帯びたものに変わった。

「はい。精霊から祝福を授かった際に、そう言われました。私たちの子だけではありません。これからはピチュメ王国でも多くの『虹の瞳』が生まれてくることでしょう」

「なんと……！」

目を見開いているのはタウンゼント侯爵だけではなかった。どうやらこの国には、私が思う以上の精霊信者がいるらしい。

国王陛下がコホンと咳払いをする。

あ、研究発表の内容を話してしまった！　と思ったけれど遅かった。ドーラの横でカイル様が苦笑しているのが見えた。

「そういうわけだ。いずれ『虹の瞳』は稀有な存在ではなくなるだろう。詳細を知りたければ、ヴェハイム帝国で開かれる魔法研究学会の発表を待て」

「承知いたしました、陛下」

タウンゼント侯爵は大人しく引き下がり、私の希望を支持すると宣言した。国王陛下のフォローのお陰だ。

「では、舞踏会を始めよう。音楽を」

陛下は王妃様の手を取ってホールの中央まで進む。最初の曲は、一番身分の高い者が踊るのだそうだ。

王妃様は今日も赤いドレスを纏い優雅にステップを踏みながら、こちらに向けてウィンクする。

二曲目からは王族席の王太子夫妻、第二王子殿下と婚約者の令嬢が加わるのだが。

「君たちもおいでよ。せっかくの愛し子のお披露目なんだからさ」

王太子殿下から声をかけられ困ってしまった。お披露目で頭がいっぱいいっぱいで、ダンスのことを考える余裕がなかったのだ。

「でも……」

身分が、と戸惑う私の前に、ハリーの手が差し伸べられた。

「シャノン様、踊りましょう」

「ハリー」

「大丈夫。現王の従姪で、精霊の愛し子です。誰も文句なんて言いませんよ」

「それもそうね」

私は自分の手をハリーの手のひらに重ねた。

流れてくるのは、かつて何度も練習したワルツだ。

最初はぎこちなかったステップも、体の緊張がほぐれて徐々になめらかになる。

ワン・トゥ・スリー、ワン・トゥ・スリー、ナチュラルターン……。

ハニーブラウンの瞳と見つめ合えば、ご令嬢たちからため息が漏れた。そこにはもう侮蔑も嫉妬も感じられず、あるのは羨望の眼差しだけ——。

ずっと、こうしてハリーと踊るのが夢だった。

もう目を閉じなくていい。これは幻でも妄想でもないのだから。

「突然、消えたりしないでね」

感極まって涙ぐむと、ハリーがターンの手前で私の額にキスを落とす。

「一生お傍にいますよ。天と精霊王に誓って」

次の瞬間、色とりどりの花びらが舞い落ちてきた。次から次へ、ひらひら、ひらひらと。

甘い花の香りと子どもたちの笑い声——精霊だ。


〝チューしてる〟

〝チュー〟

〝ダンスしてるの〟

〝ダンス、ダンス！〟


からかうようにチカチカと小さな光が点滅している。

その光景を見た人々は驚嘆し、会場がどよめいた。

タウンゼント侯爵が腰を抜かしそうになり、従者に肩を支えられながら叫ぶ。

「これが伝説の精霊の祝福か……！　ワシはもう、いつ死んでもかまわんっ」

ひらひら、ひらひら、花びらが降り注ぐ。

キラキラとまばゆいシャンデリアに、精霊の光が反射する。

精霊たちが〝ダンス、ダンス〟とはしゃぐ。

呆然としていた人々も、一組、また一組と踊り始めた。

お父様とお母様、ベティお姉様とアダムお義兄様。

サイラスはアイリス嬢と、カイル様もドーラの手を取り踊る。

優雅な音楽とむせかえるような花の匂いに酔いながら、この夜、皆がダンスに興じた。

＊＊＊

その年、カイル様がヴェハイム帝国の魔法研究学会で発表した論文『精霊の愛し子と誕生の条件』は脚光を浴びた。

長年謎だった『虹の瞳』の生まれる条件が、ついに明らかにされたのだ。ピチュメ王国の聖殿長による精霊の書の改竄、代々王家では相思相愛の親から『虹の瞳』が生まれていたこと、『虹の瞳』による嘘偽りない愛の誓いで精霊の祝福を授かること——世界の研究者たちに激震が走った。

それはピチュメ王家も例外ではない。

改竄の際にすべて廃棄されたはずの古い精霊の書が、タウンゼント侯爵の縁戚に当たる骨董商の私的なコレクションの中から発見されたからだ。

それによりカイル様の発表内容が正しいことが証明され、私の証言だけでは懐疑的だったピチュメ王族は急遽、恋愛結婚に舵を切ることになったのである。

国に戻ったルーマンの報告によれば、王太子が三人目の側妃として子爵家の未亡人を迎え、王女の一人が婚約者と別れて庭師との結婚を発表したそうだ。

王太子の実子が王位継承できる可能性があるのならそのほうがいいと、私をピチュメ王国へ呼び寄せる動きはなくなった。

ということで、私は気兼ねなくハリーと結婚した。もうすぐ一年になる。

国王主催で王都の大聖堂で挙式が行われた際にも、精霊たちが現れた。

「真実の愛を天と精霊王に誓います」と誓いのキスをしたあと、〝おめでと―〟と祝福の花びらがまた降ってきたので王都中の話題になった。どうやら精霊たちは、精霊王に誓いを立ててキスをすると姿を見せるらしい。

女男爵となった私は、ハーシェル伯爵領で魔法付与師をしながら暮らしている。社交シーズンには、王都へ行って王宮に顔を出す。精霊の愛し子として。

それ以外に変わったことと言えば、ベティお姉様が妊娠し、サイラスがアイリス嬢と婚約したことくらいだろうか。

ドーラは相変わらずお母様の侍女のままだし、両親は仲のよい夫婦だ。

「シャナ、ちょっと」

「なあに、ハリー」

そうそう、夫婦になってお嬢様ではなくなったため、ハリーに愛称で呼ばれるようになったんだっけ。王都のアパートメントで夫婦ごっこをしていた頃のように。

「スノー辺境伯からガラス玉が届きましたよ」

「待ってたのよ！　これはガラスビーズの一種で、辺境の伝統工芸品なんですって。紐を通してアクセサリーにするの。キレイでしょ」

黄色や赤、青などのマーブル模様や花の紋様が入ったカラフルなガラス玉だ。真ん中に穴が開いていて、紐を通すとペンダントやブレスレットが作れる。

あのお披露目の舞踏会のあと、第二王子殿下の婚約者スノー辺境伯令嬢と仲良くなり「友情の印に」と贈られたのだ。気に入ったので、わざわざ辺境から大量に取り寄せたのである。

ガラス玉とは思えないほど美しく、宝石よりもずっと安価で、私が結界魔法を付与できるだけの硬さがある。一目で「これだ！」とひらめいた。

というのも私たちは男爵家として、このガラス玉に魔法を付与して兵士たちに貸し出すレンタル事業を模索中なのだ。高価な結界付与のアクセサリーもレンタルなら安くできる。

武器や防具の魔法付与の代金は通常、兵士個人が負担する。強力な防御魔法ほど高額なので、裕福かそうでないかで装備に大きな差がでてしまう。以前から、どうにかならないかと考えていた。

討伐から皆が無事に戻ることができるように。

彼らの帰りを待つ人々が、哀しい思いをせずにすむように。

ちなみにこの事業はエルドン公爵家も賛同してくれて、多額の援助金が私の口座に振り込まれた。

「母にも思うところがあるのだろう。それに本来なら、君の養育費は父が支払うべきだったのだから遠慮なく受け取ればいい」

巨額に驚く私にカイル様は、そう説明した。

そうか、エルドン前公爵夫人が――。

絶対に事業を成功させよう、と決意を新たにした。


目下のところ、私はせっせとガラス玉に魔法を付与する毎日である。精霊の愛し子だの、女男爵だのと世間からもてはやされても、実際は華やかさとは無縁の引きこもりだ。

試行錯誤しながら製品を作っても、うまくいかないことも多い。現に浮遊魔法付き馬車は事故の危険があるとして禁止されてしまったし、特許を申請した温熱ハンカチの人気はさっぱりだ。

一方で冷却ハンカチは飛ぶように売れた。暑さを凌《しの》ぐだけでなく、患部を冷やしたり発熱時の額に当てたりと医療用の需要があったためだ。

失敗は糧だと思う。地道な作業の繰り返しが、いつか形になる。

事業の準備に忙しくなったので、魔法付与師協会の仕事は指名の依頼だけ受けることにした。繁忙期に客を選ぶなんて我がままかもしれないが、そこは名誉会員なので多少融通が利く。

今日は武器屋のモーガンさんの所だ。

お得意様だから一人で大丈夫だと言ったのに、心配性のハリーがついてきた。

「こんにちは。本日は刀の再調整でよろしいですか？」

「へい。こちらの剣士様の太刀なんですが」

作業場に通され、黒いマントを纏った中背の剣士を紹介される。フードを目深に被っていて顔は見えない。身元を知られたくないという客はめずらしくないので気にならなかった。

「ご指名、ありがとうございます。何か不都合がありましたか？」

「いや、調子はいい。ただ、重さの調整は本人がいたほうがやりやすいと店主から聞いたのでな」

剣士が取り出したのは、見覚えのある黒漆の太刀だった。『血吸いの呪い』を付与したくなるほど妖美なあの。作業台に太刀を置いたはずみで、唯一露わになっている彼の顎《あご》に銀の髪がかかった。

「どれくらい軽くしますか？　あと一割程度なら対応できます」

私は太刀の状態を確かめるために柄《つか》を握る。以前付与した保護魔法にほころびはない。単純に軽量化するだけですみそうだ。

「若干……」

漠然とした答えが低い声で返ってくる。しかし、そういう抽象的な注文に対応するのも魔法付与師の腕の見せどころだ。

「かしこまりました。では数回に分けて軽量化魔法をかけますので、手に取って確認してください」

「わかった」

私が魔法を発動し始めると、ハリーはいつものように黙って部屋の隅に控えた。

数十グラムずつ軽くしたところで確認してもらい、『しっくりくる』重さを探っていく。

「もう少し」

三度目の『もう少し』で、剣士の口調に迷いがあるのを感じ取って慎重になる。この重さでもいいんだけどな、と言われているようで。

あと十五……いや十三――。

追加でペン一本程度軽くしたところで確認してもらう。

剣士が作業場の裏で太刀を振った。

「これでいい。君は腕がいいね」

戻ってきて、いくらか明るくなった声で言う。

「へい。シャノンさんは、協会の名誉会員なんですよ」

私の代わりにモーガンさんが答える。

「そうか。これからもお願いするよ、シャノンさん」

剣士が貴族を思わせる優雅な所作で、手を差し出してきた。握手を交わす手のひらに、長年剣を握ってできたのであろう硬くなった皮膚のごつごつとした部分が当たる。

「ありがとうございます。でしたら、来春の定期討伐の時期はお引き受けできないと思いますので、なるべく冬の間にご依頼ください」

「辞めるのか？」

「いえ、子どもが生まれるんです。昨日、妊娠がわかって……」

産休を取るんです——という言葉を発する前に「おめでとうっ」と大きな声が被せられた。

「あ、いや、すまない……つい」

表情はわからないが、恥ずかしいのだろう。マントの中で、もぞもぞと身じろぎをしている。

「また戻ってきます。魔法付与師は私の天職だと思っていますから」

私は笑顔で言った。

「では、復帰まで店主に新しい太刀を用意してもらって待つとしよう。そうだ、これを——」

剣士が再びマントの中で胸の辺りを手繰り、革紐を通した水晶のペンダントを取り出した。ヌメ革が飴色に変色していて、ずいぶん年季が入っている。

「あの……？」

「僕の故郷では、水晶は安産のお守りなんだ。魔法は何も付与されていないが、よかったら」

「お心遣いに感謝します。実は私のお守り石も水晶なんですよ。奇遇ですね」

せっかくの厚意なので、ありがたく受け取ることにした。

無事を願う——その純粋な気持ちが嬉しかった。

私のお守り石は、本当は実母のドーラが用意してくれた物なのだそうだ。あとでこっそりお母様が教えてくれたとき、愛情を感じて心が温かくなったことを思い出した。

もしかしたら、この人も誰かの親なのかもしれない。

「それでは」と剣士が店を出て行ってから、せめて名前を訊くべきだったと後悔してすぐに追いかけたけれど、彼の姿はもうどこにも見当たらなかった。

「シャナ、これを……」

来た道を引き返しながら、難しい顔をしたハリーが、自分の首に下げていた私のお守り石を外して寄越した。いつぞや預けた結界魔法付きのペンダントである。

「返さなくていいと言ったのに」

私が苦笑すると、ハリーが「そうじゃなくて、このペンダントと似ていると思いませんか？」と言うので見比べる。これは――。

「また会えるかしら？」

二つのペンダントは同じ水晶を二つに割って作られており、断面がピタリとはまった。

まさか、あの剣士は私の本当の……お父様…………？

片割れのペンダントを自分の首にかけると飴色の革紐には、シガーの匂いが染み込んでいた。

シガーは、貴族や裕福な商人などの上流階級で嗜《たしな》まれている高級品だ。王都には愛煙家のための紳士クラブまであるらしい。

貴族、か。優雅な所作で、兵士でも騎士でもなくあえて剣士を名乗る銀髪の男。心当たりは一人しかいない。

水晶を安産のお守りとして身に着ける風習のある地域は、国内にいくつかある。確かエルドン公爵領もそうだったはずだ。

このおそろいのペンダントは、実父がドーラの身を案じて贈った物なのだろう。離れていても想っているというメッセージを込めて。

私が懐妊を告げたときの嬉しそうな声。今思えば、あの剣士のバスボイスはカイル様と似ていた。

剣の道を究めたいと望み、身分を捨ててまで愛する人と結婚するつもりだった実父は、エルドン前公爵夫人の言葉を借りれば、貴族らしいところがない変わり者らしい。

ドラゴンに丸呑みされたという証言だけ……当時、公爵だった彼なら己の死を偽装することは十分可能だ。

生きていたんだわ……。

ドーラは何も聞かされていない様子だったし、エルドン家から自由になるためなのだとしたらカイル様にも秘密にしているだろう。完璧に事を成すため身内をも欺き、ほとぼりが冷めるまで身を潜めるつもりなのかもしれない。

ふと、依頼の仲介者であるモーガンさんなら何か知っているのではいかという考えが脳裏をかすめ、慌てて打ち消した。客の素性を詮索することは協会のルールに反する。

「会えますよ。また指名してくださるはずですから」

「そうよね……」

ハリーが、しんみりする私の腕を引っ張った。

「疲れたでしょう。カフェに寄ってから帰りませんか？　王都で話題のクレームブリュレを出す店がこの辺りにあるんです」

気を取り直すように話題を変える。

誘われた私は、たちまち上機嫌だ。

よし、次にあの剣士と会ったら、思い切って正体を尋ねてみよう！　そして、いずれドーラとも再会させてあげられたら嬉しい。

「いいわね！　行きましょう」

私たちが街で一番人気のカフェに入った瞬間、女性客たちは一斉に美男のハリーへ秋波を送る。しかし隣で腕を絡める私の存在に気づくと、興味を失ったように食べかけのケーキに視線を戻した。

執事服のハリーと仕事用の簡素なワンピースを着たチビの私は、まかり間違っても兄妹には見えない。今はもう、ちゃんと夫婦として認識されているはずだ。それくらい仲睦まじく……つまりイチャイチャしているってこと。

ハリーはいつもと同じブラックコーヒー、私はミルクたっぷりの紅茶に角砂糖を二つ。

クレームブリュレを頬張る私を、ハニーブラウンの瞳が優しく見つめている。

今、この瞬間が、すっごく幸せ。

春になってこの子が生まれたら、きっと、もっと幸せ。

この場所でハリーと生きていく。

それが『引きこもりのチビ令嬢』と呼ばれた私が掴んだ小さな幸せ、いや、大きな幸せだ。

あとがき

はじめまして、ぷよ猫《ねこ》と申します。この度は数ある書籍の中から『引きこもりのチビ令嬢と呼ばれた私が、小さな幸せを掴むまで』を手にとっていただき、ありがとうございます。


本作は自身のコンプレックスをそのまま盛り込みました。

はい。タイトルからお察しのとおりチビなんです。

棚の高いところに手が届かない、服のサイズを探すのに一苦労、マスクをしていると子どもに間違えられるときも……と不便なことが多くて。

学生時代は、少しでも背を伸ばしたい一心で毎日牛乳を飲んでいました。友人から「女の子は小さいほうが可愛いよ」と慰められたこともあります。けれど当時の理想は「可愛い女の子」ではなく、パリコレのファッションモデルのようなカッコイイ系の美女でした。しかも、憧れの職業に身長制限があると知ったときのショックといったら！

世の中には、努力ではどうにもならないことがたくさんあります。

生まれる時と場所、両親、そして容姿……。

本作では、逆境の中でも明るく頑張るヒロインを書こうと思いました。

主人公のシャノンは、小柄な容姿にコンプレックスを持つ伯爵令嬢です。

自分は何も悪くないのに年頃になっても縁談が決まらないし、美人で要領がいい姉と家の跡継ぎである弟とは兄弟格差もある。けれど、決して腐ることなく今できることに全力投球します。

王妃になるなんて大それた野心もなく、地道に努力を重ねる姿勢は自身の出生が明らかになっても変わりません。

好きな人と結婚したい。紆余曲折ありながらも、そんなささやかな願いを叶えて幸せを掴むシャノンの物語をお楽しみいただけたら大変嬉しく思います。

最後に、書籍化の機会をくださった担当編集のT様、表紙に美麗なイラストを描いてくださった茲《ここ》助《すけ》先生、本作の出版に関係してくださったすべての方々、そして読者の皆様に心より感謝を申し上げます。

ぷよ猫

NOVELS

ファンレターはこちらの宛先までお送りください。

〒110-0015　東京都台東区東上野2-8-7
笠倉出版社　Niμ編集部

ぷよ猫 先生／茲助 先生

引きこもりのチビ令嬢と呼ばれた私が、小さな幸せを掴むまで

2025年5月1日　初版第1刷発行

著　者
ぷよ猫

発 行 者
笠倉伸夫

発 行 所
株式会社　笠倉出版社
〒110-0015　東京都台東区東上野2-8-7
[営業]TEL　0120-984-164
[編集]TEL　03-4355-1103

印　刷
株式会社　光邦

装　丁
AFTERGLOW

Niμ公式サイト　https://niu-kasakura.com/

ISBN　978-4-7730-6456-8
Printed in Japan